三世代探偵団

生命の旗がはためくとき

JN098096

赤川次郎

角川文庫
23321

目次

プロローグ

どうしたんだろう？

停っていた車のそばを通るとき、須《す》永《なが》令《れ》奈《な》は何気なく車の中を覗《のぞ》き込んで、足を止めてしまった。

ごく普通の乗用車で、令奈の家の車とよく似たタイプだった。それでつい、中を覗き込んだのだが……。

朝早く、学校へ向う途中だったので、のんびりはしていられない。

ただ——車の中ははっきり見えていたわけではないのだが、運転席に男の人が座っており、ハンドルに覆いかぶさるようにして、動かなかった。

どこか——具合でも悪いのかな？

気にはなったが、駅へ急がないと、学校に遅れるし、それに、その男は居眠りしているだけのようにも見えた。

「ま、いいや……」

別に私、何も関係ないし……。

令奈は、駅へ向う長い下り坂を、少し小走りになりながら急いだ。

行くときは、この下り坂が助かるのだけれど、帰り道はきつい上り坂である。当然のことだが。

今はまだ二月で寒いからいいけど、真夏ともなると、この坂を上って来るのはたまらない。

今年は何か考えよう。一つ先の駅まで行って、少し遠いけど、バスで帰るか……。

毎日、制服が汗だくになってしまうのは、何としても避けたかった……。

「大丈夫……」

余裕で、いつもの電車に間に合う。——しかし、そのとき、車が動き出していた。

車は令奈を追うように動き出したのだが、令奈は全く気付いていなかった。

車はエンジンがかかっていなかったのだ。ただ、下り坂を静かに下りて行く。自然に速度がついて、ちょうど坂を下り切った令奈が、駅へと横断歩道を渡ろうとしたところへ車がまるでタイミングを計ったかのように——。

令奈は、やっと車に気付いた。しかし、あまりに突然のことで、立ちすくんで動けなくなってしまったのだ。車は真直ぐに令奈へ向って——。

「危い！」

という声と共に、コートをはおった男性が猛然と走って来て、令奈を抱きかかえると、数メートル駆けて、路面に伏せた。

車は、わずか数十センチの差で、令奈のコートの裾《すそ》をはね上げたと思うと、そのまま駅前のバス停へと突っ込んで行った。

車がバス停の標識を押し倒し、ベンチとその覆いを壊して停った。

「──大丈夫か？」

と、男性が起き上って、「車が当ってないかい？」

「はい……。ありがとう……」

令奈は、その男性に手を取られて立ち上った。

あのままだったら、私、車にひかれてた……。令奈はゾッとした。

「膝《ひざ》をすりむいてるね」

と言われて、初めて気付く。

「はい……。でも、何とも……。鞄《かばん》にキズテープが」

鞄を道へ放り出していた。

「あの車、どうしたんだ」

と、男性が言った。「坂道を下って来てたが、エンジンはかかってなかった」

「坂の上に停ってたんです」

と、令奈は言った。「男の人がハンドルにかぶさるようにして……。眠ってるのかと思ったんですけど」

「人が乗ってたのか」

「ええ」

その男性は、バス停に突っ込んで停っている車へと歩み寄った。

令奈は鞄を拾い上げると、中から、いつも持っているキズテープを取り出して、膝のすりむいたところに貼った。

そして、コートをはおった男性が、あの車のドアを開けて調べているのを見た。

あの人が私を救ってくれた。

令奈は今になって、その男性を改めて見つめた。ケータイを取り出してかけている。

「――ああ、村上《むらかみ》だ。今、S駅の前だが、車がバス停に突っ込んだんだ。――いや、けが人はいない。ただ、車の運転席にいた男が死んでいる。――そうだ。事故じゃない。胸に刺された傷がある。至急鑑識を寄こしてくれないか」

え？　死んでる？　しかも――刺されてるって？

「――大丈夫かい？」

と、その男性は令奈の方へ戻って来た。

「あの車の中の人……」

「うん、死んでる。どうやら刺されてね」

「殺されたってこと？」

「見たところはね」

と肯《うなず》いて、「僕は刑事なんだ。君、あの車のこと……」

「通りすがりに見ただけです」

令奈の話に、村上は、

「なるほど」

と言った。「たぶん、何かの拍子にブレーキが外れて、坂を自然に下って来たんだろう。君ももしぶつかってたら大けがしてただろうね」

「ありがとうございました」

と、令奈は改めて礼を言った。「村上さんっておっしゃるんですね」

「うん。ああ、今電話してたのが聞こえた？」

「はい」

「君、その制服……」

「え？」

「〈興津山《おきつやま》学園〉の生徒さん？」

コートの下の制服を見ていたのだ。

「そうです。今高一で……須永令奈っていいます」

「やっぱりね。いや、ちょっと知ってる子が同じ高校に。――じゃ、もう学校に行った方がいいよ。もし遅れたら、事故を見かけて、話を聞かれてたと言えばいい」

「そうします。じゃ……」

「気を付けてね」

村上はやさしい笑顔になって、ちょっと手を上げて見せた。

その瞬間……。令奈は胸がしめつけられるように痛むのを感じて、びっくりした。

改札口を入って、振り向くと、村上がまたケータイで何か話していた。その姿は本当に「大人」で、「プロ」の雰囲気だった。

「すてきだな……」

そう呟《つぶや》いて、令奈は自分でもびっくりした。

まさか。――自分があんな「大人」に心ひかれるなんて。

「お父さんみたいじゃないの」

と、口に出して言ってみたが、令奈の父はもう五十近い。

あの村上さんは、たぶん三十代か、せいぜい四十だろう。

でも、どっちにしてもずっと年上の「おじさん」で、令奈が胸をときめかせる相手じゃない。そのはずだ。

ぼんやりと立って眺めていると、村上が令奈に気付いて、目が合った。

令奈はあわててホームへ上る階段に向って駆け出していた……。

1　入試

欠伸《あくび》をしながらダイニングキッチンへ入って来た天本文乃《あまもとふみの》は、テーブルについて、トーストを食べている有里《ゆり》を見て、びっくりして欠伸が途中で止ってしまった。

「有里、ずいぶん早いのね」

と、文乃が言うと、

「おはよう、お母さん」

有里はそう言って、コーヒーを飲んだ。

〈興津山学園〉の高校一年生の天本有里、十六歳。もうブレザーの制服を着て、出かけるばかりだ。

「今朝、何かあったっけ?」

母親の文乃は目をパチクリさせながら訊《き》いた。

「どうせ忘れてると思ったから、自分で起きた」

と、有里は言った。「今日は高校入試」

「あんたが?」

「私、もうすぐ二年生だよ。高校入試のお手伝いに行くの。この間、そう言ったでしょ」

「ああ……。そういえば、そんなこと言ってたわね」

「呑気《のんき》だな、お母さん」

二月、私立高の入試は一番寒いころである。しばしば大雪が降ったりして、そうなると大勢の生徒が呼び出されて「雪かき」をすることもある。

でも、今日は少し曇っているが、雨や雪の予報はなかった。

「さ、出かけよう」

と、有里は立ち上った。

「いつもより早いのね」

「だって、こっちは準備があるもの」

と、有里は言った。「じゃ、行って来ます!」

「行ってらっしゃい」

と言ってから、文乃は、「帰りは何時ごろ?」

と訊こうと思った。

しかし、さっき途中までになっていた欠伸の続き(?)で、言葉にならず、その間に有里はさっさと玄関へ。

文乃が玄関の方へ出て行ったときには、もう有里の姿はなかった……。

「おはよう！」

うまい具合に、普段から一緒に通学している城所真奈《きどころまな》が同じバスに乗って来た。

「真奈、何やるか聞いてる？」

「行ってみないと。でも、試験中の学校ってどことなく雰囲気があるじゃない？　教室は受験生で一杯になってて。何だかドラマチックだよね」

「まあね。でも受験してる方はそれどころじゃないよ」

と、有里は言った。

朝早いせいか、席が空いて二人は並んで座ることができた。

「──有里、お宅のお祖母《ばあ》さん、どうしてるの？」

と、真奈が訊いた。

「元気だよ。どうして？」

「新作に取りかかってるのかな、と思って」

「ああ、そういう意味。──K大病院の壁画を描いて、『思い残すことはないわ』なんて言ってたけど、もうケロッとして、絵の依頼が五件も来てるとか言ってた」

有里の祖母、天本幸代《さちよ》は日本を代表する画家である。今、七十二歳だが、創作意欲は全く衰えることがないようだ。

有里は、祖母の幸代、母の文乃と三人で暮している。生活を支えているのは、画壇の巨匠である幸代の絵だ。

有里があんまり「普通の高校生」じゃなく、個性的なのは、どう見ても祖母に似たから、と言えそうだ。

母、文乃は幸代の娘にしてはあまり変ったところのない常識的な女性。しかし、三世代の暮しの中では、文乃の存在がいいバランスを保つ役割を果しているのかもしれない。

有里や真奈の通う私立〈興津山学園〉は、去年大きなスキャンダルに見舞われたが、今年の受験生の数はほとんど減っていないとのことで、学園側としてはホッとしている。

「――雪とかにならなくて良かったね」

と、真奈が言って、「あ、メールだ」

真奈のケータイにメールが入って来たのだ。

鞄から取り出して、

「須永令奈からだ」

と、真奈は言った。

「ああ、あの子。真奈と名前が似てるって」

「そう。真奈と令奈でね」

メールを読むと、「へえ！　家を出て駅に行く途中で……」

「どうしたの？」

「人が刺し殺されたみたい、って」

「殺された？」

「うん……。ちょっと待って」

真奈は目を丸くしてメールを読んでいたが、

「――これは有里に読ませられないよ」

「何よ、私がどうして……」

もちろん、真奈も読ませるつもりである。

有里は真奈のケータイを受け取って、読んだ。そして――。

「え？　村上さんが？」

「ね？　知りたくなかったんじゃない？」

「別に……。それにしても……」

有里は、死んだ男の車にひかれそうになった令奈のいきさつを読んでびっくりしたが、その令奈を助けたのが「村上」という刑事だったことの方が驚きだった。

「違う村上さんかもしれないよ」

と、真奈が言ったが、有里にはとてもそうは思えなかった。

村上は四十そこその独身刑事。事件の解決を巡って、有里が一緒に働いたこともある。

「令奈ったら」

と、真奈は言った。「村上さんに一目惚《ひとめぼ》れしたんじゃない？」

メールに写真が付いていた。有里は一目見て、

「やっぱり村上さんだ」

と言った。「若い子にもてるんだね」

「呑気なこと言ってる」

と、真奈が呆《あき》れて、「ライバルが出来たんだよ」

「何よ、ライバルって」

「だってそうじゃない。令奈が村上さんに――」

「私は別に村上さんの恋人じゃないわ」

と、有里は言った。「それに、私と村上さんは他の人間に分らない、深い絆《きずな》で結ばれてるの」

「ますます分んない」

――正直なところ、有里も内心穏やかでなかった。

令奈のことは知ってはいるが、特に仲がいいというわけではない。しかし令奈がかなり可愛くて、男の子にもてる、という話は聞いている。

でも村上さんは、そんな外見の愛らしさに惑わされる人じゃない！　それに――私だって、結構可愛い。たぶん。

「でも、この前まで殺人事件に係《かかわ》ってたのに、また刺し殺された死体？」

と、有里は首をかしげて、「私たち、呪われてるのと違う？」

「じゃ、お二人には〈案内係〉をお願いしますね」

と、事務長の三田洋子《みたようこ》が言った。

「はい」

と、有里は言った。「表ですか？　中ですか？」

「そうね……。できたら正門の所で。寒いから悪いけど」

「いいですよ。そのために来てるんですから」

有里が明るく言うと、三田洋子はホッとしたように微笑んだ。

「じゃ、正門入った所で、受験生が来たら、この棟の入口を教えてあげて。一応、矢印の立て札もあるから分ると思うけど」

「了解です」

「ちゃんとマフラーもしてね。冷えるわよ」

「手袋も持ってます！」

と、真奈が言った。

「まだ早いわ。あと十五分ぐらいは誰も来ないでしょう」

と、三田洋子は事務室の壁の時計に目をやった。

「でも、みんな早めに来るでしょう。もう行ってます」

と、有里は真奈の方へ、「ね？」

「うん。じゃ、行こう」

と、真奈は肯いてから、「あ、ちょっとトイレに行っとく」

と、事務室から駆け出して行った。

入れ違いに入って来た男性が、

「事務長さん、教室の方は大丈夫です」

と言った。「やあ、有里君」

「どうも」

三田広士《ひろし》は、事務長の三田洋子の弟である。しかし、学校の中では、姉のことを「事務長さん」と呼んでいた。

「各教室の担当の先生方に、資料を渡してね」

と、洋子が言った。

「分りました」

真奈が戻って来ると、有里は一緒に校舎を出て、正門へと向った。

確かに時間は早いのだが、正門を入って、キョロキョロしている子がいて、

「受験生？」

と、有里は声をかけた。「早いね！　一番乗りだ」

その言葉に、不安そうだった女の子はホッとしたように笑った。

十分もすると、ポツポツと受験生がやって来た。

もちろん、中には母親に付き添われている子も。――しかし、前もって学校を下見に来ている子も多いので、あまり案内は必要ないようだった。

有里のコートのポケットでケータイが鳴った。

「――もしもし」

「やあ、今どこだい？」

噂をすれば、の村上刑事だ。

「今日、高校の入試なんです。お手伝いで出て来てる」

「そうか。いや、実は――」

「車の中で男が刺し殺されてたんでしょ？」

有里の言葉に、村上がびっくりして、

「有里君……。どうしてそんなこと知ってるんだ？」

「それはもちろん、私が犯人だからよ」

と言ってやって、少ししてクスッと笑うと、「須永令奈って子と、そこで会ったんでしょ。その子から知らせて来た」

「――びっくりさせないでくれよ」

と、村上が言った。

「まさか、本気にした？」

「君が犯人なら、絶対に捕まらないようにするだろ」

「あ、ひどいこと言って！　令奈が村上さんに一目惚れしたみたいよ。可愛いでしょ、あの子？」

「大人をからかわないでくれ」

村上の苦笑いが目に見えるようだ。

「私にどうしてかけて来たの？」

「あの須永って子に、連絡が取りたいんだ」

と、村上は言った。

「分った。まだ来てないと思うけど、見かけたら、電話させるわ」

と、有里は言った。「デートの申し込みじゃないよね？」

「おいおい……。車で死んでた男の上着のポケットに、メモ用紙が入ってた。そこに〈須永美樹《みき》〉って名前が」

「〈須永美樹〉？」

そばで聞いていた真奈が、

「令奈のお姉さんだよ」

と言った。

「それじゃ……」

刺し殺された男は、令奈の姉と係りがあった？

ちょうどそのとき、足早にやって来る令奈の姿が有里の目に入った。

「村上さん、今、令奈と代るわ」

と、有里は言った。

「おはよう！」

と、令奈が息を弾ませて言った。

「あなたに電話」

と、有里がケータイを差し出すと、

「え？」

と、令奈はキョトンとして、有里を見たのだった。

「え？　姉の名前が？」

令奈が、朝の寒さも忘れた様子で、ケータイに出たまま啞然《あぜん》とした。

「君のお姉さんの名前なんだね？」

と、村上刑事が言った。「──もしもし？」

「あ、すみません！」

やっと我に返った令奈は、「でも、どうしてあの男の人のポケットに……」

「君はあの男の顔はよく見てなかっただろ」

「ええ。覗いたときはハンドルに突っ伏すようにしてたし……」

「うん、分るよ。まさか……。で、お姉さんに連絡したいんだけど」

村上にそう言われて、令奈は困ったように、

「それが……。どこにいるか分らないんです」

と答えた。

ケータイでの会話を、そばで聞いていた有里と真奈も、その令奈の言葉にびっくりした。

しかし、そこへ電車が着いたのだろう、受験生が大勢やって来て、有里たちは案内に戻らなければならなかった。

「――あの入口ですから。入って行くと、案内係が立ってるので、受験番号を言って下さい。教室を教えてくれます」

有里が同じ説明を何十回となくくり返している内、令奈は村上との話が終って、校舎の方へ行こうとした。

「ちょっと、令奈！」

と、有里はあわてて、「そのケータイ、私の！」

「あ……。ごめん！」

令奈はケータイを有里へ返すと、「有里、あの刑事さんと知り合いなんだね」

「まあ、ちょっとね」

と、気をもたせる言い方をすると、ちょうど受験生の姿も途切れて、「令奈、お姉さんのことって……」

「ああ。うん……それが……」

と、令奈が口ごもって、「黙っててね、他の人には」

「分った」

「お姉ちゃん、駆け落ちしちゃったんだ」

「へえ！」

殺人事件も大変だが、駆け落ちの方も大ニュースである。もっとも、有里が知らない人のことだが。

「その死んでた男の人って、お姉さんの駆け落ち相手？」

「分んないよ。顔見てないし。大体、お姉ちゃんが駆け落ちした相手のことも知らないもの」

「そうか……。あ、次の電車だ」

有里は、さらに大勢の受験生たちが正門へとやって来るのを見て、「令奈も入試の手伝いでしょ。事務室に行って」

「うん！　そうだった！」

令奈は校舎へと駆け出して行った。


昼休みも、異様に静かである。

もちろん、受験生同士、同じ学校だったりすると、仲良くおしゃべりしているが、他の子はライバルなわけで、ほとんど口をきかない子の方がずっと多い。

予鈴が鳴って、廊下に出ていた子たちも、一斉に各自の教室に戻って行く。

中には、あわててトイレに走る子もいる。

正門での案内の後は、各教室には担当の生徒がいるので、有里たちは少しのんびりとお茶など飲んでいた。

「——午後は二時間だっけ」

と、真奈が言った。

「そうだと思うよ」

「私たちは受験なかったものね」

有里や真奈たちは中学からそのまま持ち上って来たので、高校入試はなかったのである。

「ああ、よかった」

と、令奈が伸びをして、「必死で受験勉強しても、たまたま得意な問題が出るか、そうでないかで、運命が決っちゃうんだものね」

「ちょっと大げさじゃない？」

と、真奈が笑う。

三人は、事務室の隣にある応接室に入っていた。

令奈が窓へと歩いて行って、校庭を眺めた。もちろん、誰もいない。

有里たちのような〈入試ボランティア〉のメンバー以外は、今日は学校が休み。

「今年はまだ雪が降らないね」

と、令奈が言った。「降ったら大変。駅まで坂道だから――。キャッ!」

と、叫び声を上げる。

「どうしたの!」

有里と真奈が立ち上って言った。

「あ……」

窓の向うに、ヌッと顔が出て来たのである。一階だから、表で少し背伸びすれば、窓に届く。

それは女性の顔だったが――。

「ああ!」

と、令奈がもう一度声を上げて、「お姉ちゃん!」

「え?」

びっくりした有里が、「それって、駆け落ちした――」

「お姉ちゃんだ!」

令奈は急いで窓を開けた。

「令奈!　あんたなのね」

「お姉ちゃん、何してるの、そんな所で?」

「誰か知ってる人がいないかと思って覗いたら、あんたがいたの」

「あの……中へ入ってもらったら？」

と、有里は言った。「窓開けとくと寒いし」

「あ、ごめん。――お姉ちゃん、玄関の方から入ってよ」

「だめ！」

と、美樹は即座に言った。

「だめ、ってどうして？」

「よその人に見られたくないの。ね、お願い。ここから中へ入らせて」

「え？　窓から？」

「うん。私、これ以上伸び上れないから、引き上げてくれる？」

「ええ？　何でよ？」

文句を言ったものの、差し当りは仕方なく、

「有里、真奈、力を貸して！」

三人いるといっても、高校一年の女の子である。大人の女性の体を引張り上げて、応接室の中へ入れるというのは容易ではなかった。

それでも、まあ何とか窓枠にコートのベルトが引っかかったりしながらも、美樹の体を引き入れることができた。

「――ありがとう！」

と、床にペタッと座り込んで、美樹は息をついた。

「お姉ちゃん、靴！」

と、令奈が言った。「靴が泥だらけよ」

「ああ。──この窓の下、土がむき出しで、雨でも降ったのかしら、泥になってた」

「床が汚れる！　ちょっと、そうして座ってて。雑巾《ぞうきん》、持って来るから」

と、令奈は言って、「たぶん、玄関の所にあるよね」

と駆け出して行った。

──有里は息を弾ませながら、令奈の姉、美樹を改めて眺めた。

二十一歳といったか。──もちろん、十六歳の有里たちから見たら「大人の女」である。

令奈も可愛いが、姉の美樹は整った美人である。その一方で、床に座り込んで、困ったように周りを見回している様子は、どこか子供っぽい印象があった。

「美樹さんっていうんですよね」

と、有里が言うと、びっくりして、

「え？　どうして私の名前を知ってるの？」

「あ……。それは令奈から聞いて」

「そう……。でも、どうして私のことが話に？」

「それは、私から話すわけには……。令奈が戻ったら、聞いて下さい」

大体、ひと言で話せることじゃない。

少しして、令奈が戻って来ると、

「掃除用具の置場が変ってるんだもの。捜しちゃった。——お姉ちゃん、この新聞紙で靴底を拭《ふ》いて。それから雑巾で足を拭いて」

「ありがとう……。ね、令奈、あんたお友達に私のこと話したの？」

「あ……。まあね。でも、これには色々事情があって」

「そりゃ、面白いでしょ、私のことなら」

「面白い？」

「駆け落ちしてさ。でも、結局うまく行かなくて別れちゃって」

「へえ、そうなの？」

「聞いてないの、お母さんから？」

「知らないよ、そこまでは」

「何だ……。でも、家には帰れないの」

「どうして？」

「私、殺されそうなの」

と、美樹は言った。

2　校舎の暗闇

「お疲れさま」

と、事務長の三田洋子が言った。

「うん。――姉さんも大変だったね」

学園の通用口を出たところである。

洋子が笑って、

「広士も極端な子ね。学園を一歩出たら『姉さん』なの？」

「だって、そういうの、けじめっていうんだろ？」

「まあ、そうだけど……」

と、洋子は言って、「入試は一大イベントだからね。どこかでおいしいもの食べて帰ろうか？」

「いいね！」

二人は並んで学園を後にした。

――二人の姿が見えなくなると、

「もう大丈夫」

と、有里は声をかけた。

「こんなに遅くまで働いてるんだ」

と、美樹は感心した様子。

「さ、中に入ろう」

有里たちは、通用口の近くの自転車置場のかげに隠れていた。

ともかく、「人目につかないように」と言い張る美樹のためには、

「誰もいなくなった学園の中しかない」

ということになったのである。

「でも校舎の方はガードマンがいるから」

と、有里は言った。「クラブ棟なら大丈夫」

「真奈は?」

「もう戻って来ると思うけど……」

と言っているところへ、

「お待たせ!」

と、真奈が大きな紙袋をさげて戻って来た。

「真奈、どこに行ってたの?」

と、令奈が訊《き》く。

「私が頼んだの」

と、有里は言った。「だって、こんな時間だし、お腹空《す》いてるでしょ」

「本当！　お腹空いて死にそう！」

と、美樹が声を上げる。

「しっ！　あんまり大きな声出すと、ガードマンに聞こえる。さ、クラブ棟に行こう」

使い慣れた〈演劇部〉の部室。

「——さ、ともかく食べよう」

と、真奈が紙袋からLサイズのピザを取り出した。

部室の中にチーズの匂いがパーッと広がって、他にフライドポテトやら飲物やらも入っていたのだが……。

みんなお腹が空いていた。そして、若い女の子三人、プラス一人。

かくて、「事情説明」は後回しで、ともかく四人はひたすら食べ、かつ飲み（アルコールじゃないが）、大判のピザ三枚と、ハンバーガー四個、他にもスナック菓子など、すべてが二十分ほどの間に消滅していたのである……。

「——殺されてた？」

やっと妹の話を聞いた美樹が仰天した。

「その男の人が、お姉ちゃんの名前を書いたメモをポケットに入れてたって」

「どうして……」

と、美樹が呟《つぶや》くように言った。

「さっき、『殺されそう』って言いましたよね」

と、有里が言った。「その男の人のこと、心当りはないんですか？」

「分らないわ。顔も見てないんだもの」

それはそうだろうが。

「でも、普通の人は、なかなか『殺されそう』にはならないもんですよ。どういう事情だったんですか？」

美樹は少し考えていたが、

「――ね、令奈」

「うん」

「この子たち信用できる？」

当人の前で、そう訊く人も珍しい、と有里は思った。

「うん……。たぶん」

ちょっと！　たぶん、って何よ！　有里はジロッと令奈をにらんでやった。

「ま、いいけど」

と、美樹は言った。「さっきの食べっぷりを見れば、いい人だって分るわ」

そういう判断も変ってる……。

「ともかく、駆け落ちした相手が、間違いだったの」

と、美樹は言った。

「お姉ちゃん、駆け落ちした相手って誰だったの？」

と、令奈が訊くと、

「あんた、知らないの？　本当に？」

「だって……。お父さんもお母さんも、何も教えてくれなかった」

「駆け落ちしたってことは――」

「それは聞いたよ。『お前は、そんな馬鹿な真似をしないように』って……」

「でも、相手が誰かは言わなかったのか。確かに言いにくいだろうけど」

「どうして？」

「相手、大崎裕次《おおさきゆうじ》だったの」

「え……」

令奈が呆気《あっけ》に取られている。「そんな……。ウソでしょ！」

「本当よ」

「そうだったの！　お父さん、『大崎は体調が悪くなったんで、親の所へ帰った』って言ってた」

話を聞いていた有里は、

「その大崎って人、令奈もよく知ってたんだ」

「うん……。でも、まさか……」

「大崎って、何をしてる人だったの？」

有里の問いに、少し間があって、

「大崎裕次って——牧師だったの」

と、令奈が言った。

「牧師さん？　そりゃ、駆け落ちしたとは言いにくいね」

と、真奈が言った。

「まあね。特にお父さんの立場もあるし」

と、美樹が言った。

「お父さんって、何してる人だっけ？」

考えてみたら、令奈の親が何をしてるのか、聞いたことがない。

「うん。——お父さんも牧師」

「え？　そうなんだ！」

有里はびっくりした。

「でも、経営者みたいなものなの」

「何、それ？」

「今はね、教会も大変なの」

と、令奈が言った。「昔みたいに信者の人たちからの寄付が集まらないのよ。日曜日に礼拝に来る人も減ってるし」

「そうか……」

「それで、寄付を待ってるだけじゃだめだ、って、ネットでグッズを売ったり、キャラクター商品を開発したり……」

「へえ」

「それを指揮してるのが、うちのお父さんなの。また、結構アイデアマンでさ、教会をTVドラマのロケに貸して、『ここにアイドルの誰々ちゃんが座ったんです！』って、教会のベンチで記念撮影させたり……」

「へえ。お金取るの？」

「はっきりそうとは書いてないけど、〈もし寄付していただけるなら〉って、矢印があったりして、払わざるを得ないような気分にさせるの」

「いいんじゃない、そういうの」

と、真奈が面白がっている。

「それで、ずいぶん助かってるのよ」

と、美樹が言った。「大崎裕次もその一つ」

「その一つ、って？」

「二枚目なの。スタイルもいいし、また歌が上手くて、彼の歌を聴きたくて教会に来るファンができて」

と、美樹が言うと、令奈も肯《うなず》いて、

「ね、CD出したりしたものね」

と言った。「でも、その裕次さんと駆け落ちするなんて……。そりゃお父さん、怒るよ」

「だけど……」

と、有里が言った。「結局、その大崎って人と、うまく行かなかったんですね?」

「そうなのよ」

と、美樹はため息をついて、「まさか、あんな人だと思わなかった」

「お姉ちゃん……。もしかして、裕次さんが暴力振るったりとか?」

「そうじゃないの。そんなんだったら、私の方だって負けてないわよ」

「そうか。——じゃ、どうして?」

「二人で駆け落ちして、一週間ぐらいは天国だった。でも、持ってたお金が失《な》くなって」

「そりゃ、使えば失くなるよ」

「それでね、彼が、『とりあえず、親父の所に行こう』って言い出したの」

「え……」

思わず美樹は言った。「まさか、ここ……刑務所?」

「違うよ。そんなわけないだろ」

と、大崎裕次が笑った。

「でも……この高い塀、大きな門……」

「まあ、確かに、普通の家とはちょっと違うけど、親父の住《すま》いだよ」

ちょっと、どころじゃない！

鋼鉄の、人の背丈の倍以上も高さのある門扉。のっぺりした、覗《のぞ》き窓もない鉄の扉は、どう見ても普通とはかけ離れている。

しかも、その左右に延びる塀も、高さ三メートルはあるだろう。

「どこにチャイム鳴らすボタンが？」

と、美樹が訊くと、

「大丈夫。ちゃんと中で見てる」

と言い終らない内に、

「誰だ？」

という声が頭上から降って来て、美樹は仰天した。

よく見れば、門柱の天辺《てっぺん》にカメラやスピーカーが取り付けられている。

「僕だ。裕次だよ。開けてくれ」

と言うと、少し間があって、

「坊っちゃんですか！」

と、大声で、「お帰りなさい！」

鉄の扉が静かに左右に開いた。

「ここがあなたの家？」

と、中へ入りながら、「——本当に？」

声が上ずってしまったのは——目の前に、とんでもなく広い前庭があって、その向う

には、巨大なコンクリートの箱——としか言いようのない——がそびえ立っていたから

である。

これって家なの？

すると、コンクリートの箱の正面がギーッと音をたてて開いた。

どうやらそこが玄関らしかったのだが、開いた扉もコンクリートの壁にしか見えない。

すると、中から大股に歩いて来た一人の男……。

「裕次！ 帰って来てくれたか！」

と、両手を広げる。

「ただいま、親父」

と、裕次は言って、その男にしっかり抱きついた。

親父……。じゃ、この人が裕次の父親？

しかし、それにしては、いかにも似ていない親子だった。

父親は小柄で、どう見ても美樹より背が低く、しかもやせていて、およそ二枚目の裕

次の父親とは思えない。

「親父、この人は僕の妻で、須永美樹さんっていうんだ。可愛いだろ？」

そう言われて、呆然《ぼうぜん》と突っ立っていた美樹はあわてて、

「あ……。須永美樹です」

と、ペコンと頭を下げた。

「それはそれは！　よく来てくれましたね！　さあ、中へ入って！」

至って愛想よく招き入れてくれる。

美樹は、これが現実のことかと半信半疑のまま、そのコンクリートの箱の中へと足を踏み入れたのだった……。

3　別世界

「じゃ……大崎裕次って人、組織犯罪の大ボスの息子だったんですか？」

と、有里が訊《き》いた。

「でも、凄《すご》いね！」

と、真奈が目を丸くしている。「そんな、要塞《ようさい》みたいな所に住んでるの？」

美樹によると、裕次の父親は大崎康《やすし》。

その地方の顔役、なんてものじゃなくて、日本だけでなく、東南アジア、中東、ヨー

ロッパにまで取引先を持つ大物なのだということだった。

見たところは小柄な人の好《よ》さそうな初老の男――六十二歳ということだ――としか思えないが、案外、現実はそんなものかもしれない。

もちろん、鋼鉄の門や高い塀、コンクリートの箱みたいな邸宅は、外部から攻撃されたときのための備えということだった。

「でも、いわゆる〈何とか組〉って暴力団とは違うんだ」

と、裕次は言った。

「どこが？」

「あんな風に、マスコミで騒がれたり、TVに顔出したりして、ケンカしてるのは頭の良くない奴らのすることさ。本当の大物っていうのは、親父みたいに、正式な会社を持ってて、ちゃんと税金も納めてるのさ」

本来牧師の裕次が、父親のことを自慢するのも妙なものだと美樹は思ったが……。

「――ともかく、しばらくは楽しかったわ」

と、美樹は言った。「裕次のお父さんも私のこと気に入ってくれて、その邸宅の中で好き勝手させてくれた。コンクリートの箱みたいな外観だけど、中は豪華そのものだった」

「だけど……」

と、有里は言った。「その裕次さんって、父親がそんな風だから、家を出て牧師になったんじゃないんですか?」

「そうだったみたい。よく分るわね」

「それはともかく……。そんな風に帰って、どうするつもりだったのかしら?」

「それはね」

と、美樹は肩をすくめて、「やっぱり、裕次も、実家のぜいたくな暮しが恋しくなってたのよ。そこへ私と駆け落ちってことになったんで、いい機会だってことで……」

何だ、情けない奴、と有里は思ったが、他人の恋人のことで、口には出さなかった。

「じゃ、もう牧師、やめたの?」

と、令奈が言った。

「そういうことね。――すっかり、父親の跡を継ぐ気になってたわ」

気になっているのは他のことだった。有里は、

「で、どうして美樹さんはその邸宅から逃げて来たんですか?」

と訊いた。

「それはね……」

と、美樹は言いかけて、「聞かない方がいい」

「え?」

「令奈の大事なお友達を、危い目にあわせたくないもの」

「でも……ここまで聞いたら……」

「ともかく今は……。ね、令奈、家に黙っててね」

「いいけど……。どうするの、今夜?」

「そこのソファで寝るわ」

と言って、美樹は欠伸《あくび》した。「お腹一杯になったら眠くなって来た……」

「お姉ちゃん……。呑気《のんき》なんだから!」

「ね、お風呂《ふろ》ってないの?」

「お風呂? ——シャワーなら、運動部の建物にあるけど」

「シャワー、浴びたい。タオル、あるかな?」

「さあ……。じゃ、一緒に行くよ」

「うん。じゃ、どうもね」

美樹は有里たちに手を振って、妹と一緒に出て行った。

「——呆《あき》れた」

と、真奈が言った。「人が心配してるのに!」

「ああいう人なのよ、きっと」

と、有里は笑って、「ともかくここに泊ってれば、殺される心配はないでしょ」

「うん……。じゃ、帰るか」

——有里と真奈は表に出て、歩き出した。

車が一台、向うからやって来た。——と思うと、二人のそばに停る。

「あれ？　お母さん？」

有里の母、文乃が自分の車を運転していたのである。「どうしたの、こんな所に？」

「どうしたじゃないでしょ！　ケータイにかけても出ないし、心配になって迎えに来てみたのよ」

と、文乃は眉《まゆ》をひそめて、「今まで学校にいたの？　何してたのよ！」

「ごめん。ケータイ、切ったまま忘れてた」

と、有里は言って、「真奈も一緒なの。送って」

「分ったわ。後ろに乗って」

かくて、文乃は有里たちの「運転手」となってしまった……。

「あのお姉さん、やっぱり〈興津山学園〉に通ってたの？」

と、有里は真奈に訊いた。

「そのはずよ。高校まで通って、大学に進むとき、アメリカ留学したんだと思う」

「へえ。でも、それならまだ大学生？　二十一でしょ？」

「何だか続かなくて、一年くらいで帰って来ちゃったとか聞いたけど。後は家の手伝いしたり、お父さんを手伝ったり……」

「それで大崎裕次と知り合ったのね」

「たぶんね。でも、まさか駆け落ちしちゃうなんて！」

「しかも、殺されそう、なんてTVドラマの世界ね」

二人の話は、当然、ハンドルを握っている文乃の耳にも入っているわけで——。

「ちょっと、あなたたち!」

と、大きな声で言った。「何やってたのよ、学校で!」

「あ、聞こえた?」

「当り前でしょ」

「気にしないで。大したことじゃないの」

と、有里は言ったが……。


「また殺人?」

と、幸代が呆れたように言った。

「本当に、もういい加減にしてほしいわ」

と、文乃は仏頂面。

「そんなこと言ったって——」

と、有里は口を尖《とが》らして、「好きで係《かかわ》ってるわけじゃないよ。事件の方から寄って来るんだもん」

「ミステリー小説の探偵みたいなこと言わないで」

と、文乃は言った。「早く寝なさい! 明日は学校でしょ」

「明日も入試でお休み」

と、有里は言った。

「まあ、落ちつきなさい」

と、幸代はコーヒーを飲みながら、居間のソファに身を沈めた。

「どうせ夜中になってるわ。明日お休みというのなら、もっと詳しく話を聞かせて」

「また、お母さんがそういうことを言うから……」

と、文乃は渋い顔だ。

「うん……。まあ、よく分んないところもあるんだけどね」

女ばかりの三世代家族。互いの自由は尊重しながら、隠しごとはしない、という方針である。

人生経験の豊富な祖母、幸代が、やはり適確な判断を下す場合が多いというのも事実なのだ。

有里は、令奈が出くわした出来事から始まって、幸代の絵の大ファンでもある村上刑事の話、そして——降って湧いたような、令奈の姉、美樹の話まで、隠さずに話した。

「本当なの、その話？」

と、文乃が呆れたように、「そんな要塞みたいな屋敷に住んでる大ボス？　猿山のボス猿じゃあるまいし」

「何よ、それ」

「あり得ないことじゃないわね」

と、幸代が言った。「今、日本はドラッグや銃の密輸が急増してるのよ。そういう、表向きビジネスマンの顔を持った人間がいるのかもしれない」

「でも、だからって私たちにどうにかできるってもんじゃないでしょ」

「それはそうよ。特に有里は高校生なんだから」

「分ってるよ」

有里は伸びをして、「明日はゆっくり寝る。おやすみなさい」

「はい、おやすみ」

と、幸代が微笑む。

殺人の話から、すぐこうやって「日常」へ戻れるのは、やはり天本一家が、ちょっと普通でないということなのかもしれない。


居心地、結構いいじゃない。

——美樹は、人が色々自分のことを心配してくれていることなど、まるで考えもせずに、演劇部の部室のソファに横になっていた。ここ、ちゃんと暖房も入るようになっているんだ。

妹の令奈と運動部の棟へ行ってみると、シャワールームの所に、古ぼけてはいるが、一応ちゃんと洗濯してあるバスタオルが何枚も積まれていた。

のんびりシャワーを浴びて、さっぱりすると、演劇部の部室へ戻って、戸棚に入っていた毛布をソファに何枚も重ねて寝た。

まあ、ここに何泊もする、ってわけにはいかないだろうが、美樹はとりあえず目の前のことだけ解決できれば安心するのだった。

明日は学校が休みだというし、こんな所に来る者もいないだろう。それでも、令奈は、

「明日、お昼ごろに迎えに来るよ」

と言って帰った。

じゃ、まあ昼ごろ起きりゃいいわけだ……。

呑気に眠りかけている美樹にとって、「殺されるかもしれない」という不安も、差し迫ったものではないらしかった……。

ミシミシ……。ギーッと床が鳴る音で、ふと目をさます。

え？　――何だろ？

ソファに横になったまま、美樹はじっと耳を澄ましていたが、やがて、

「――空耳かしら」

と呟《つぶや》いて、目を閉じた。

すると、今度は、グスグス……。忍び泣いているような声がする。

え？　――まさか幽霊？

令奈ったら、ここにお化けが出るなんて言わなかったじゃないの！

そう……。その忍び泣きは、確かに部室の外から聞こえて来ていたのである。

美樹は起き上ると、ソファから下りて、そっと入口のドアの方へと近付いた。

グスン、グスン……。

どうやら、お化けじゃなくて人間らしい。

美樹は大きく息を吸い込むと、パッとドアを開けた。

そこにしゃがみ込んでいた女の子が、びっくりして飛び上ると、

「お化け！」

と叫んだ。

「お化けはそっちでしょ！」

美樹は部室の明りを点《つ》けた。

重たそうなオーバーを着た女の子が立っていた。十七、八歳というところか。

「あんた、誰？」

と、美樹は言った。「こんな夜中に、こんな所で何してるの？」

しかし、相手は突然現われた美樹にびっくりして言葉もない様子。そして、

「あの……」

と言ったきり――気を失って、引っくり返ってしまったのである。

夜中になって、そのクラブのフロアには、何ともけだるい空気が淀《よど》んでいた。

そう。この不健康な感じが、慣れると心地いいのだ。

もちろん、自分でも分っている。もう若くない、四十五歳の女がこんな所で酔っ払っていたって、色っぽくも何ともない、ってことは。

それでも、時にはちょっと見かけのいい男が寄って来て、

「奥さん、一杯付合いましょうか」

と言ってくれることもある。

しかし、今夜は誰もやって来ないようだ。

そろそろ帰ろうか……。

須永緑子《みどりこ》は、ウィスキーのグラスを取り上げたが、もう一滴も残っていないのを知って、がっかりした。

「ちょっと」

と、ウェイターを呼んで、「同じの、もう一杯」

と頼んでおいて、フラッと立ち上る。

「おトイレ、どこだっけ？」

舌が少しもつれる。

案内されて、

「どうも……」

女性のトイレは、中へ入るとギョッと目がさめるように派手な赤の装飾。

広い鏡に自分が映っている。――いやね、だらしない格好だわ。

いい服を着てはいるのだけど、シャンとしていないので、だらしなく見える。

「あんたは飲み過ぎよ……」

と、鏡の中の自分に忠告して、冷たい水でバシャバシャと顔を洗った。

「ああ……。目がさめる」

手探りでタオルを取ろうとしたが——手は空しく何もない辺りをさまよって……。

でも、誰かがタオルをつかませてくれた。

「あら、どうも……」

顔を拭《ふ》いて、鏡を見ると——どういうわけか、コートをはおった男が立っている。

「ここ……女性トイレよ」

と振り向くと、

「うまくないいんじゃないですか、牧師の奥さんが、こんな所で飲んだくれてちゃ」

と、その男が言った。

緑子は目をしばたたいて、

「あんた……裕次?」

と、かすれた声で言った。

スーツにネクタイ。ちょっと斜めに帽子をかぶった姿は、別人のようだったが、確かに大崎裕次だ。

「久しぶりですね、奥さん」

と、裕次が言った。

「あんた……何してるの、こんな所で」

と言ってから、「――美樹は？　あの子はどこにいるの？」

「こっちが訊きたいんですがね」

と、裕次が言った。「美樹は帰ってるでしょう？」

「え？　あの子が……」

「知らないんですか。――美樹は逃げ出したんですよ」

「そんなこと……。だって、あんたと駆け落ちしたんじゃないの」

「確かにね。どうやら、本当に知らないようですね」

「あの子はどこに……」

「他に行きそうな所、知りませんか？」

「あの子は……いつも、フラッとどこかへ……」

と、緑子はややもつれた舌で、「家《うち》へなんか帰って来ないわよ。主人に殺されちゃう」

もちろん、緑子は大げさに「殺されちゃう」と言ったのだが、

「冗談でも何でもありませんよ」

と、裕次は言った。「本当に美樹は殺されるかもしれないんです」

「え？」

緑子の、アルコールで半ばぼんやりした頭では、何を言われているのか、よく分らな

かった。

「仕方ない」

と、裕次はため息をついて、「こんな状態の奥さんに話してもしょうがないから、詳しいことは言いませんよ。ただ、僕としては美樹を救いたい。それにはまず、僕の許《もと》へ真直ぐに戻って来てくれないと」

「美樹が……。殺される？」

「もし、美樹から連絡があったら、僕に電話するように言って下さい。あいつは呑気だから、自分がどんなに深刻な状況にいるのかよく分ってない。──いいですね」

「ええ……。それはもちろん……。でも、きっと美樹は家へは帰って来ないわよ」

「万一ってこともあるでしょう」

と、裕次は言った。「奥さん、いつからこんな風なんです？」

「何よ、その言い方……。人の娘をたぶらかして駆け落ちしといて、私のことを……」

と、言ってやろうとしたが、舌がもつれて言えない。

「旦那《だんな》さんは何も言わないんですか？」

「え？　あの人が？　──何か言えるもんですか。信者の奥さんとよろしくやってるわ。まだ、二十四、五の可愛い女なの」

「おやおや」

と、裕次は苦笑して、「教会じゃ、どんな説教をしてるんですかね」

「それより……あんた、ずいぶん高そうな服着てるじゃないの」

「言いませんでしたか？　僕の親父はとても金持でしてね」

「そのようね」

「でも、美樹の奴、好きなだけぜいたくさせてたのに、いやがって逃げ出しちまったんですよ」

と、裕次はちょっと眉をひそめて、「このままじゃ、美樹は助からない……」

緑子は、やっと裕次の言っていることが分って来た。

「あんた……。美樹が殺されるって、どういう意味よ！」

「大きな声を出すのはやめて下さい」

裕次は冷ややかに言った。

トイレのドアが開いて、裕次と同じようにコートを着て帽子をかぶった、がっしりした体つきの大きな男が入って来た。

「どうかしましたか、坊っちゃん」

「このおばさんが、ちょっと興奮してな」

と、裕次は言った。「行くぞ」

「待って！　ちゃんと説明してよ！」

と、緑子が裕次のコートの裾《すそ》をつかんだ。

「黙らせとけ」

と、裕次が言うと、大柄な男が緑子の腕をつかんでねじ上げた。

「ちょっと……痛いじゃないの……」

緑子が震えた声を出す。

「眠ってろ」

男の拳《こぶし》が緑子の腹を一撃し、緑子はそのまま床に転った。

廊下へ出ると、

「さて……。どうするかな」

と呟いて、裕次はクラブの出口へと向ったのだった……。

4　まさかの朝

かなりしつこく鳴っていたに違いない。

有里は、普段ならケータイの着信音ぐらいでは目を覚まさないのだ。

しかし、今朝はさすがに何とか手に取って、

「——もしもし」

と、ちゃんと言ったつもりだが、実際には「ムニャムニャ」としか聞こえなかったか

もしれない。

「天本さん？　三田です」

「あ、三田さん！」

〈興津山学園〉の事務長の三田洋子である。びっくりして、

「あの――何か？」

と訊《き》きながら、目覚まし時計に目をやると、まだ六時前。

六時って――夕方じゃないよね？

「ごめんなさい、お休みなのに」

と、三田洋子は言った。「あのね、今から、学園に来られる？」

「え……」

昨日は入試の案内係で学校へ行った。今日も入試の面接があるのだが、今日の手伝いは別の子が行くはずだ。

「今朝、起きたらこの雪でしょ。駅から正門までの道も雪かきしないと。人手が足りなくなるのは目に見えてるし――」

有里はびっくりしてベッドから飛び出すと、窓へ駆け寄った。カーテンを勢いよく開けると、外はもう真白！

「へえ！　ゆうべそんなに寒くなかったのに」

と、洋子を、つい友達扱いして、「ごめんなさい！　行きます！　すぐ仕度して――」

「急がないで」

と、洋子は穏やかに、「もし、雪で電車が遅れたりしていたら、無理しないでいいから」

「あ、そうですね。バスもどうかな……。ともかく、できるだけ行きます」

「ありがとう。よろしくね」

——通話を切って、有里は息をついた。

「まさか、雪なんて……」

と呟《つぶや》いてから、「令奈のお姉さんも、目を覚ましたらびっくりだな」

と、演劇部の部室にいる美樹のことを思い出した。

急いでシャワーを浴びて眠気を覚ますと、

「何ごとなの？」

文乃が寝ぼけた顔でやって来る。

「お母さん、雪よ」

「雪？」

文乃は居間のカーテンを開けて、「あらまあ」

と言った。

「学園に行かなきゃ、私」

「お休みじゃなかったの？」

「事務長の三田さんから電話があって――」

と、有里は言いかけて、「お母さん、私のこと、送ってくれない？」

「え？」

「学園まで。ほら、受験生のために、駅からの道を雪かきするのよ」

「そうなの？　でも、何もあんたが行かなくても」

「頼りにされてるの。ね、お母さんも向うに車停めて、雪かき手伝ってよ」

文乃が目を丸くして、

「どうして私が？」

「父母会でしょ」

「そんなこと言って……」

と、文乃が顔をしかめる。

「――どうしたの？　いやに早いわね」

と、幸代が欠伸《あくび》しながらやって来た。

さすがに、言われない内に窓の外の様子に気付いて、

「あら……。静かだと思ったわ」

と、外の雪景色を少しの間眺めて、「雪は天からの手紙である」

「それ、中谷宇吉郎《なかやうきちろう》でしょ」

と、有里が言った。「お母さんに、学園の雪かき、手伝ってって頼んでるの」

「後で神経痛が出るわ」

と、文乃は言ったが、「じゃ、タイヤにチェーン巻かなきゃ。――有里、朝食の用意やっといて」

「私がやるわよ」

と、幸代が言った。「有里は仕度しなさい。真奈ちゃんも行くかしら？　途中で拾って行けば？」

「訊いてみる」

有里はケータイを手に取った。

文乃は、

「面倒くさい……」

と、ブツブツ言いながら、寝室へ戻って行った。

有里は、文乃が車の運転には自信があり、運転を頼まれると嬉《うれ》しいのを知っている。タイヤにチェーンを付けるという厄介なことも、結構器用にやってのけるので、幸代から、

「誰でも取り柄はあるもんね」

などと言われて、むくれていた……。

真奈に電話してみると、三田洋子からの連絡はなかったようだが、「有里が行くなら行く！」と、ちょっとしたイベントの気分。

「若いわね」

と、幸代はコーヒーを淹《い》れ、トーストを焼きながら呟《つぶや》いた。

しかし、有里と真奈が、声を低くして、

「美樹さんはどうしただろうね」

と言い合っていたことは、幸代も聞いていなかった。

もちろん、美樹が学校の中に隠れて一晩過したことは、話してあるから知っていたが、この雪の中でどうするのか、幸代は自分が心配することではないと思ったのだろう。

そして、有里たちも知らなかった。

演劇部の部室に、もう一人、居候が増えていたことを……。


「まあ、すみませんね」

と、三田洋子は恐縮していた。

「いいえ、たまには体を動かしませんと」

と、文乃はニッコリ笑った。

車で、有里と真奈を乗せて〈興津山学園〉に着いたのは、ちょうど駅からの道の雪かきが始まったところで、三田広士を先頭に、学園の事務員と教員がせっせと雪を道の両側へ押しやっていた。

「面接の世話をする必要もあるので、広士は九時になったらこちらへ」

と、洋子は言った。

「大丈夫です。他にも来る子がいるし」

と、有里が言った。

学園の近くに住んでいる生徒は、やはり電話で起こされているのだ。

「――行こう!」

有里と真奈は、長靴に、太いほうきやシャベルを持って、駆け出して行った。

「――広士さん!」

と、有里が声をかける。

「やあ、来てくれたの? 悪いね」

広士は息をついて、額の汗を拭《ぬぐ》った。吐く息が白い。

以前は遊び人で、働く気のなかった広士だが、今は姉の洋子を支えて、見違えるように頼りがいのある感じの男性になった。

有里は、広士が学内を駆け回っているのを見るといつも、

「人って変るものなんだな……」

と思うのだった。

変えたのは、一人の女性との愛。

「女は偉い!」

有里はそう呟いて――道に積った雪を力一杯押しやった。

駅から学園まではそう遠くないが、いざ雪かきしようとすると楽ではない。

駆り出されて、渋々やって来た子などは、

「除雪車買ってよ！」

などとグチを言っていた。

それでも、電車が着いて、受験生がドッと降りて来ると、学園の生徒たちが雪かきしているのを見て、

「わあ、偉いなあ！」

と、感嘆しているので、悪い気はしない。

母親が付き添って来ていると、

「まあ、やっぱり歴史のある学校の生徒さんは違うわね」

などと感心して、「ご苦労さまです」

と、声をかけてくれたりする。

「いえ、足下、気を付けて下さい」

と、返事をして、「――学園のイメージアップに協力した！」

「テストの点数、プラスアルファしてほしいね」

と言い合っていた。

寒い雪の中とはいえ、必死で体を動かしていると汗をかくほど。

「遅れてごめん！」

と駆けて来たのは、永田《ながた》エリだった。

「あ、エリも来たの？」

と、有里が手を止めて、「何だ、お父さんも？」

エリの父親、永田慎司《しんじ》が、長靴をはいてやって来たのである。

「少しは学園の役に立ちたいからね」

と、永田は笑顔で言った。

ちょうど、一番大勢の受験生がやって来るタイミングで、永田は大いに奮闘した。

それから、しばらくして、

「――もう最後だね」

と、有里は息をついて言った。

雪はほとんど止《や》んで、雲の切れ目に青空も覗《のぞ》き始めていた。

「いや、たまには体を動かすのも悪くないね」

と、永田は顔を赤くして息をついた。

「お父さんがお酒じゃなくて赤い顔してるの初めて見た」

と、エリに言われて、

「親をからかうな」

と、永田が苦笑した。

「――ご苦労さまでした」

と、洋子がやって来て、「まあ、永田さんまで」

「少しはお力になろうと——いてて！」

と、いきなり永田が呻《うめ》いた。

「お父さん——」

「腰が……」

と、永田が腰を押えて、よろけた。

「しっかりしてよ！」

「保健室に」

と、洋子が言った。「支えてあげて、ほら！」

「いや……大丈夫……」

と言いながら、永田は両側から有里とエリに支えられて、ヨタヨタと歩き出した……。


「日ごろの運動不足ですね」

と、保健室の女性のお医者さんに言われて、永田はベッドで息をつくと、

「確かに……」

「それに、寒い中で動いてらしたので、冷え切ってるんですよ、腰が」

「おとなしく寝てな」

と、エリに言われて、永田は渋い顔をしている。

「温いココアでも」

と、三田洋子が言った。

「私、作って来ます」

と、エリが出て行く。

――結局、一人残った有里は、永田のそばに座っていたが、

「永田さん」

「うん、何だね？」

「ちょっと――訊いていいですか」

「何のことだい？」

永田は、かつて裏社会にいた人間だ。娘のために、今は脱《ぬ》け出している。

「大崎康っていう名前、聞いたことありませんか？」

永田が有里の方へ顔を向けて、

「大崎康？ ――有里君、どこでその名前を聞いたんだ？」

「知ってるんですね」

「直接は知らない。会ったこともないが、知り合いになりたくはないね」

「そんなに……」

「得体の知れない男だと聞いてる。――もっとも、そういう幻影を作り上げているだけかもしれない。――君が係《かかわ》るような男じゃないよ」

「分りました」

「どこでその名を？」

「ええ、ちょっと……」

話したものか、有里は迷った。しかし、永田が不安になるだろう。

「実は昨日――」

と、有里が言いかけたとき、保健室の戸がガラッと開いて、話が中断してしまった。

しかし――入って来たのは、

「ああ、寒い！　まさか雪が降るなんてね。あ、昨日はありがとう」

と、やたらに明るい、美樹だったのである。

5　よくある話

そして、その三十分後、

「ごめん！」

と、息を弾ませて保健室へ駆け込んで来たのは、令奈だった。

「令奈、呼ばれなかったんでしょ？」

と、有里が言った。

「雪かきにはね。でも、家から駅までの下り坂が危くって。手伝うつもりだったんだけど……」

有里は、令奈からメールが入って来たので、保健室で待っていたのである。

「ね、有里――」

「美樹さんのことでしょ」

「うん。どうしたかと思って」

「部室にいるわ。みんないいね」

「みんな？」

――有里と令奈が演劇部の部室に入って行くと、

「あ、令奈。来てくれた」

「お姉ちゃん……。どうなってるの？」

令奈は目を丸くした。

美樹が一人でいたはずの部室に、真奈とエリ、そしてエリの父親、加えて、見たことのない女の子まで集まっていたのである。

「いや、今、君のお姉さんの話を聞いていたんだ」

と、永田は言った。「大崎裕次という男がどういう人間かは知らない。しかし、父親の方はかなり危いと思う。これ以上係《かかわ》り合っちゃいけないと話していた」

「こっちはそのつもりでもね……」

　と、美樹は肩をすくめた。

「当然君の家にも捜しに来るだろう」

　と、永田は令奈に言った。「お姉さんはより付かない方がいいだろうね」

「でも、この部室にいつまでもいるわけにも……」

「どこか、姿を隠せる所があるといいんだがね」

　と、永田が腕組みして言った。

「あの……」

　と、令奈がおずおずと、「そちらの方はどなた？」

　学生ではなさそうだ。オーバーは脱がずにはおっている。その下はセーターとジーンズという格好。

「あ、ええと……」

　と、美樹が言った。「ゆうべここへやって来たの」

「ここへどうして？」

　と、令奈が訊《き》く。

「それより、名前はね……。何だっけ？」

　と、有里が言った。

「根本《ねもと》です。根本加代子《かよこ》といいます。突然お邪魔しちゃってすみません」

何だか、いつも謝ってしまう、そんなタイプに見える。

「どうしてこの学校に？」

と、令奈が訊くと、

「この近くで道に迷って」

と、加代子は言った。「正門が開いてたんで、入ったんです。——ここなら、ともかく寒さからは何とか逃げられると……」

「いえ、その原因。用もないのに、ここへ来ないでしょ？」

「それが……」

と、加代子は口ごもった。

「大丈夫よ、ここにいる人たちは」

と、美樹が気軽に請け合った。「それに、聞いてたでしょ、今の話？　どんな事情か知らないけど、私より凄いってことはないでしょ」

「ああ……。それはまあ……」

と、加代子は言った。「組織のボスとは関係ないかもしれませんけど、でも、それなりに深刻な話なんです」

「話してみて」

と、有里が言うと、

「ええ……。でも、よくある話なんです。——そう、よくある……」

と、加代子は呟《つぶや》くように言った。

歩き疲れてコーヒーショップに入る。

それは確かに「よくあること」だった。

セルフサービスのコーヒーを紙コップで買って、席へ運ぶと、

「あ、忘れちゃった」

砂糖とクリームを取って来るのを忘れてしまったのだ。しかし——今の加代子は、もう一度立って行って、持って来るだけの元気がなかった。

「いいや」

と、ブラックのまま飲んで、ちょっと顔をしかめる。

苦いコーヒーは苦手だ。初めから別のものを頼めばいいのに、つい「コーヒー」と言ってしまった。

我慢して飲もうか。

それにしても……。加代子はため息をついた。

「——使う？」

と、男の声がした。

自分が言われたのだと気付くのに、少しかかった。

「——え？」

と、隣を見ると——加代子は長いベンチ席に座っていた——スーツにネクタイの中年の男が、クリームと砂糖を加代子の前に置いたのだった。

「いいんですか?」

「ああ、普段は入れないいんだ。だが、つい無意識に取っちまったんだな。良かったら使ってくれ」

「どうも……。ありがとうございます」

ありがたくいただいておくことにした。

男は照れたように、

「礼を言われるほどのことじゃないよ」

と言った。

その照れくさそうな笑顔が、加代子の胸にしみた。——この人、いい人だわ。

クリームと砂糖を入れたコーヒーは、ずっとおいしく、飲みやすくなった。

「ああ……」

と、加代子は一口飲んで、「こんな風だったら……」

と呟いた。

少し間があって、

「——どうかしたのかね」

と、隣の男性が言ったのである。

「え？」

「いや……。こんなだったら、とか聞こえたので」

「すみません！　ひとり言を言うくせがあって」

「そうか。僕もよく言うよ。偉い奴の悪口とか」

「いいですね。私――こんな風に、砂糖とクリーム入れると、コーヒーが飲みやすくなるでしょ？　人生も、こんな風に何か入れて『生きやすく』なったらいいな、と思ったんです。それだけのことで……」

「人生か……」

「変ですか？　私みたいな若い者が人生なんて言うの」

「いや、そんなことはない」

と、男は即座に言った。「君、いくつだ？」

「十八です」

「充分に辛《つら》いさ。十八年も生きて来れば」

「ええ、本当に……」

思いがけない言葉だった。こんな中年の男から、そんな風に言われるなんて、初めてのことだった。

子供のくせに、と笑われるばかりだった。いくら、「生きるのが辛い」と言っても。

その男の言葉が胸に響いて、涙が溢《あふ》れてしまった。

「悪かったかな。ごめん」

と、男があわてて言った。

「いえ、そうじゃないんです。嬉《うれ》しくて、私……」

と、急いでハンカチを取り出して涙を拭《ふ》いた。「歩き疲れたんです。それでこの店に。大して好きじゃないけど」

「僕もだ」

と、男は肯《うなず》いて、「つい、入っちゃったんだ」

「同じだ」

と、加代子は笑ってしまった。「コーヒー、おいしくないですもんね」

「そのくせ高くて」

「そう！」

二人は一緒に笑った。――もう、生きてる間に笑うことがあろうとは思わなかったのに。

「探しものかい？」

と、男が訊いた。

「まあ……。探してはいるんです。でも――なかなか見付からない。今って、死ぬのにいい場所って、なかなかないもんですね」

男がちょっとびっくりしたように目を見開く。――加代子は、「こんなこと言わなきゃ良かった！」と思った。

男が気味悪がって、そっぽを向いてしまうだろうと思ったのだ。

しかし——そうではなかった。

男は驚いたことに、

「僕もそうなんだ」

と言ったのである。

「——本当に？」

「うん。電車に飛び込もうにも、ホームに扉があるだろ。川に飛び込みたくても、大体どこに川があるんだ？　ビルの屋上から飛び下りようとしたって、どこも屋上には上れない。いい加減くたびれてね」

「私も……」

二人はまた笑った。今度は少し湿った笑いだったが。

「どうして君は……」

と、男は「おいしくない」コーヒーを飲みながら言った。「いや、無理に話してくれなくても」

「つくづくいやになっちゃったんです」

と、加代子は言って、右手の袖口《そでぐち》を少し上げて見せた。手首に残るあざと、刃物で切った跡。

「――DVってやつか」

「手首切っても、死ねなくて……。確実に死ねる方法を見付けたくて」

「そのあざを作ったのは、彼氏か？」

「父です。母は、父の暴力に耐え切れなくて、家を出て行って、私一人が殴られて……」

「他に兄弟は？」

「いません。――もう、父がお腹を空《す》かしてるんです」

と、時計に目をやって、「帰ったら、問答無用で殴られます」

男は少し黙っていた。――加代子は、

「ごめんなさい。個人的なことで。気にしないで下さい。それより、あなたはどうして――」

「僕はどうしても死ななきゃならないんだ。いや、どうせ殺されるんだがね。それもいやだから、殺される前に死のうと思って」

「殺される？　どうして？」

「まあ、僕の場合は身から出た錆《さび》ってとこだ」

と、男は肩をすくめて、「色々悪いことに手を染めてね」

「そんな風に見えません」

「そうかい？　結構物騒なんだよ。ほら」

男がチラッと周囲へ目をやって、上着の下から、短刀らしい白木の柄《つか》を覗《のぞ》かせた。

「それ……本物？」

「ああ」

「じゃ……それで私を刺してくれません？」

「そりゃあ……痛いぜ」

「でも、死のうと思えば、少しは我慢しないと」

「うん、確かに。でも、自分じゃ、切腹ってわけにもいかないしね」

と、男は言った。「――どうだろう」

「え？」

「君のお父さんを殺してやろうか」

クリームと砂糖をくれたのと同じように言われて、加代子は呆気《あっけ》に取られた。


「で……本当に殺したの？」

と、美樹が言った。

「ええ。――一緒に家まで行って、玄関を入ると、父が、『どこをフラついてやがった！』って、酒くさい息をして、出て来たんです。あの人、無言で短刀抜いて、一突きで……」

「へえ」

「そして、言ったんです。『これで、君はもう死ななくていい』って。でも、『そうはいきません』って、私……。それじゃ不公平じゃないですか」

と、加代子は真顔で言った。

――有里は、「どこが『よくある話』なの?」と思っていた。

加代子の話が途切れても、しばらく誰も口をきかなかった。

そして――やっと口を開いたのは、美樹だった。

「あなたの話、充分凄いけど」

と言った。

「そう。ちっとも『よくある話』なんかじゃない」

と、令奈が肯いた。

「それが『よくある』んだったら、大変だ」

と、永田が首を振って、「それとも、実は夢だった、とでも言ってくれるのなら……」

「あ、そうなの?」

と、美樹が言った。「そうだよね！　いくら何でもお父さん殺されて、そんなに平気でいられるわけないいか」

「いえ、本当のことです」

と、加代子は言った。「父が死んでも、私、ちっとも悲しくありません。あの人は、もうずっと前から父じゃなかった。ただ暴力を振るう他人だったんです」

淡々とした口調で言って、

「おかしいですか？　いくら殴られても、親子の絆《きずな》があるって言うんですか？　毎日毎日殴られてみて下さい。愛情なんて、一発殴られる度に少しずつ削られて、もうとっくにマイナスになってます」

あまりに自然な言い方だった。

「――そうだったのね」

と、美樹は言った。「でも――その刺した男の人とはどうなったの？」

「その人は、死にに行く、と言って、私は止めたんですけど……」

「その人、本当に死んだの？」

「知りません」

と、加代子は首を振って、「どこかのニュースに出ると思うんです。警察と新聞、TVには、自分が根本加代子の父親を殺したんだと連絡を入れていました。私に疑いがかかるのを避けるためだと……」

「で、その人は――」

「行ってしまいました。私、名前も聞いてなかった！　どうしよう」

と、今になって、そんなことに気付いたらしい。

「もし、男の自殺体が出れば、きっとそれも記事になるよ」

と、永田が言った。

「でも……名前ぐらい聞いておけばよかった」

人の話はもう耳に入っていない様子だ。

「でも、あなたは生き残ったんですよ」

と、有里は思い出させるように言った。

しかし、そう言われても、加代子は一向に分っていない様子で、

「名前も聞かなかった……」

と、くり返していた。


男の名前は、寺井徹《てらいとおる》といった。

加代子が嘆いていたころ、寺井はまだ生きていた。

自分でも意外だった。

生きていることも意外だったが、他にも意外なことがあった。それは……。

「雪景色の東京が見られるとはな……」

と、高層ビルの最上階のカフェに入って、眼下の雪景色を眺めていた。

寺井は雪深い山奥で育った。冬になると、雪がメートル単位で積る。

「こんなところにいられるか！」

と、親に言い捨てて都会へ出たのだが、今こうして眺める白い世界は、遠い故郷を思い出させた。

もちろん、あの山の中は、こんなものじゃなかったが、それでも懐しい気持がわいて来る。

「妙なもんだ……」

いやけがさして飛び出してきた故郷だったが、今、死のうと思っているとき、ひどく懐しくなったのだ。

故郷へ帰って死のうか……。

ふと、そう思った。しかし、そこまで帰りつけるかどうか。

ともかく、ついで、と言っては何だが、人一人刺し殺したのだ。しかも、わざわざ自分で通報しているし。

早く捕まえてくれと言わんばかりだ。その前に、どこかで死のうと思っていたが……。

カフェの中に、インテリア風にTVのディスプレイがいくつか並んで、音声は出ていないが、別々のチャンネルを映していた。

ニュースはテロップが出る。――そして、

「え？」

思わず寺井は声を上げていた。

TV画面に、どこかの家の周りをウロウロしている警官が映っていて、テロップが、

〈根本誠《まこと》さん、五十八歳が、訪ねて来た男に刃物のようなもので刺されました。根本さんは重傷ですが、命には別状ないとのこと……〉

生きてる？　――死ななかったのか！

寺井はニュースが変っても、しばらくそのTV画面を見つめていた。

〈実は死んでました〉と訂正でも出ないかと……。そんなわけはないか。

ショックだった。

「俺の腕も落ちたもんだ……」

と、寺井は呟いた。

あのとき、確かに殺したと思ったのだが。

寺井にとって、これが初めての「殺し」ではなかった。組織の上の方から命令されれば、どこへでも、あの短刀を呑《の》んで出かけて行った。そして、たいていは狙った相手を仕とめて戻ったものだ。

「――おい」

と、寺井はウェイトレスを呼んで、「コーヒーをもう一杯くれ」

ショックから立ち直るのに、時間が必要だった。そして、二杯目のコーヒーに、うんと砂糖を入れ、甘くして飲んだ。

「――そうだ」

警察などに、「自分が殺した」と通報したが、生きていたとなると……。

あのとき、娘も一緒にいた。根本……加代子といったか。

警察は加代子のことも、共犯と見て逮捕するかもしれない。あの男は玄関を入って来た娘を見ているはずだ。

テロップは〈訪ねて来た男に〉刺されたとなっていた。刺された父親が、まだ詳しく警察に話せていないのかもしれない。

しかし、おそらく加代子の方も疑われるだろう。

こんなつもりじゃなかったのに！

寺井は、「加代子に会わなくては」と思った。そして、父親を刺したのは、寺井の勝手な考えだったこと、加代子に罪はないことを、はっきりさせるのだ。

といっても——自首するのは嫌だった。大体自首したら、もう加代子には会えなくなるではないか。

「——え？」

〈何を考えているんだ、お前？〉

と、自分へ問いかけた。

そして、そのとき初めて気付いたのだ。

「俺は……あの加代子に惚《ほ》れてる」

そう考えると、カッと胸が熱くなった。こんな気持になったのは初めてだ！

「加代子……」

そう呟いてみると、また胸がキュッと痛んだ。

これが「恋の痛み」ってやつか。

とんでもないことになった。

どう考えたって、無理がある。

俺は四十五。あの加代子は——確か十八と言ってた。親子と言ってもいい年齢だ。

それに、あの子は何も悪いことなんかしていない。むしろ父親に殴られていた被害者だ。それにひきかえ、俺は……。

散々悪いことをやって来た。しかも何人も殺している。もっとも、殺される方もかなりのワルばっかりだったが。

しかも、二人とも「死のうとしている」。いや、加代子は死ななくていい。だが俺は……。

こんな男が、加代子のような女の子に惚れる？　とんでもない話だ！

しかし、どう理屈をつけてみても、恋する気持というのは消しがたいものだと、寺井は人生で初めて知った。

もちろん、これまで女がいなかったわけではない。だが、決った女と長く続いたことはなかった。

いつ自分も死ぬことになるかもしれないと思うと、女と深い仲にはなれなかったのである。だが……。

本当の「恋」というものは、事情も理屈もお構いなしに人を支配してしまうのだということを、寺井は四十五歳にして初めて知ったのである……。

「――ね、加代子さん」

と言ったのは、令奈だった。「今、ケータイのニュース見てたんだけど……。お父さん、〈根本誠さん〉っていうの？」

「そうです」

「刺されたって、ニュースに出てるけど。でも、亡くなってないそうよ」

「え……。じゃ、父が生きてるんですか？」

「重傷だっていうけどね」

「良かった！」

と、加代子が胸に手を当てて言った。

有里たちは顔を見合せた。やっぱりお父さんに生きててほしかったのね、と思ったのだが――。

「あの人、殺人犯にならなくてすんだんですね！」

それで「良かった！」と言ったのか。

「――問題は、美樹さんのことだよね」

と、有里は言った。

加代子の話の凄《すご》さに、つい美樹のことを忘れかけていたのである……。

「あれ、電話だ」

と、令奈が言った。「——もしもし？　——お父さん、どうしたの？　——え？　お母さんが入院？　——殴られたって、どういうこと？」

6　名もない男の名前

「六本木《ろっぽんぎ》のクラブのトイレで、なんて」

と、令奈は言った。「みっともない！」

「そんなこと言ってる場合じゃないでしょ」

と、有里がたしなめた。「お母さん、殴られて意識不明なんだよ」

「自業自得だ」

「令奈……」

「大体、そんな夜中に、牧師の妻がクラブで何してるわけ？」

有里が付き添って、病院へやって来ていた。

——しかし、連絡して来た、令奈の父、須永章二《しょうじ》は病院へ来ていないのだ。

「それに、お父さんが来ないなんて、変だよね」

と、令奈はため息をついた。

廊下を白衣の医師がやって来ると、

「須永緑子さんのご家族の方？」

「はい、娘です。母はどうですか？」

と、令奈は訊《き》いた。

「大丈夫。そう強く殴られたわけじゃないらしいからね」

「ありがとうございます」

ホッとして、令奈が深々と頭を下げた。

「お父さんはみえないのかな？」

と、医師に言われて、令奈はちょっと言葉に詰った。

「あの……父は仕事がどうしても……」

「どこか、出張でも？」

「たぶん……。あの……父は牧師なもので、礼拝など、抜けるわけにはいかないんだと思います」

「ほう、牧師さん？」

と、医師が目を見開いて、「それはいいが、お母さんが倒れていたクラブからね、ここへお母さんを運んで来たタクシー代を払ってほしいと言われてるんだよ」

「は……」

「それと、お母さんのクラブでの支払いもまだ、ってことだし。――お父さんに伝えて、クラブへ連絡してもらってくれるかな。確か〈S〉ってクラブだったと思う」

「――分りました」

令奈は顔を上げられなかった。

「今日一日入院して、明日は帰れると思うよ」

「はい、どうも……」

医師が行ってしまうと、令奈はフーッと息をついて、「汗かいた……」

「令奈、お父さんに電話して、来てもらいなよ」

と、有里は言った。

「電話するな、って言われてる」

「どうして？」

「向うからかけるって。たぶん東京にいないんだと思う」

「旅行？」

「たぶん……一晩泊りで、近くの温泉にでも行ってるんだ。――信者の奥さんで、細川《ほそかわ》さんって、二十五だかの可愛い人がいてね、すっかり噂になってる」

「へえ……」

有里もさすがに言葉がない。――それで、緑子さんはクラブ通いというわけか。

「大変だね、お宅」

と、有里は言った。

他に言いようがない。

「美樹さんのことだって、どうするの?」

「分んないよ、もう!」

と、令奈はお手上げという様子。

確かに、有里だってどうしていいか分らない。

ともかく、二人は病室へ行って、緑子の様子をみることにした。

「——何だ、目を開けてる」

「令奈なの?」

ベッドで緑子は苦しそうに息をつくと、「殴られたお腹がまだ痛くて……」

「どうしたっていうの? 警察には——」

「言わないで! みっともないから」

「自分で言ってりゃ世話ないや」

と、令奈は肩をすくめた。

「それより……私を殴ったの、裕次の連れの男だったの」

「裕次って……大崎裕次?」

「そうなのよ。何だかすっかりいいスーツ着て、偉そうにしてた。それで、美樹が帰ってるだろうって言って……」

令奈は、少し離れて立っていた有里と顔を見合せた。

「——どなた?」

と、緑子が有里に気付いて言った。

「天本有里です」

「ああ、天本さんの……。一緒に来てくださったの? すみませんね」

「いえ、いいんです。あの……」

「ね、令奈。美樹が殺されるって言うのよ、裕次が。どういうことか、さっぱり分からないけど。もし美樹が連絡して来たら、よく事情を聞いてみて」

もう聞いているよ、とも言えず、

「分った。明日退院できるって」

「お父さんにも言っといて……」

「うん、大丈夫」

と、令奈は言ったが、「でも——ここには来られないって、お父さん」

緑子がキュッと眉《まゆ》を寄せて、

「あの女と一緒なのね!」

と、急に力をこめた声を出した。「何て人でしょ! ただじゃおかないから!」

「お母さん」

令奈があわてて、「大きな声出さないで」

同室に他の患者がいる。さぞかし耳を澄まして、面白がっているだろう。

「分ったけど……。じゃ、明日、誰も来てくれないのね、退院するときに」

　と、すねている。

「私、来るよ。午前中だよね」

「先生に訊いて。本当に、お父さんも美樹もあてにならない。令奈、あんただけが頼りだわ」

「いいから、ゆっくり寝てなよ。色々気苦労で疲れてんだよ」

　高校生の娘の方が慰めている。

　大変だな、と思いつつ、有里は笑いそうになるのを何とかこらえていた……。


「でも、どうする？」

　と、病院を出て、有里は言った。「お母さんは黙っててくれっておっしゃってたけど……」

「うん。お母さんのことだけならともかく、お姉ちゃんのことが……」

「大崎裕次って人が言ってたんでしょ、美樹さんが殺されるって」

「そうだね。やっぱり、これって……」

「黙ってちゃまずいよ。村上さんに事情を打ち明けよう。きっと力になってくれる」

　と、有里が言うと、

「あのすてきな刑事さん？　有里って親しくしてるんだよね」

「ま、ちょっとね」

と、有里がわざとらしく目をそらした。

「でも、やっぱり無理だよね。年齢が違うもんな。あの人、独身?」

「そんな具体的なことまで考えてるの?」

有里は呆《あき》れて言った。「ともかく、学園に戻って、美樹さんに話をしよう」

「そうだね」

ただ、一緒にいる加代子のことをどうするか。父親が刺されて、警察が加代子を捜しているかもしれない。

どうせなら二人まとめて(?)村上に任せてしまった方が、と有里は思ったのだが……。

学園に戻る途中、電車を降りたところで、有里のケータイに、真奈からかかって来た。

「——あ、真奈? 今そっちに向ってる。もうじき着くと——。え?」

と、足を止めて、「いなくなった、って……。美樹さんが? それとも加代子さん?」

有里はそう言って……。

「——どうしたの?」

と、令奈が言った。

有里は、もう切れているケータイを手に、呆然《ぼうぜん》としている。

「いなくなったって……」

「誰が？　お姉ちゃんが？」

「美樹さんと――根本加代子」

「二人とも？　どうして……」

「知らないわよ！」

と、有里がやけになって言った。「こんだけ色々あって、心配してあげてるのに、どういうこと？」

令奈がシュンとして、

「ごめん……」

「あ、令奈に言ってんじゃないよ。でも、美樹さん、殺されるって言われてるのに、どこへ行ったんだろ」

と、有里はため息をつくと、「ともかく学園に行こう。事情、訊かないと」


「いや、申し訳ない」

と、永田が言った。「僕がいながら、こんなことに……」

「仕方ないですよ」

と、真奈が言った。「まさか女子トイレについて行くわけにいかないもの」

たまたま、二人が一緒に、

「トイレに」

と言って、部室を出て行った。

なかなか戻らないので、真奈が心配になって行ってみると――。

今、有里もそのトイレに来ていた。

洗面所の鏡に、置いてあった石鹼《せっけん》で、文字が書いてあった。

〈いろいろ迷惑かけてゴメン。これ以上はツライので、二人で消えます。どうか私たちのことは忘れてください。　美樹・加代子〉

有里はため息をついて、

「何考えてるんだろ。忘れてくれって言われて、はいそうしましょ、ってわけにいかないじゃない」

「本当……」

と、令奈が肯《うなず》いて、「それにしても、下手な字だな……」

と、別の感想を述べた。

「どこに行ったと思う？」

と、有里が言うと、令奈は首を振って、

「見当もつかない。ともかくお姉ちゃん一人じゃないからね。――お姉ちゃんは、たぶんそんなに知らない所へ行きたがらないと思うんだ。慣れた所にいたがる人だから。でも加代子さんの方は分らないものね」

「――仕方ない」

と、有里は肩をすくめて、「村上さんに全部打ち明けよう。それしかないよ」

「うん……」

「美樹さんが殺されてからじゃ遅いもの」

有里はケータイを取り出して、村上刑事へかけた。


「身許《みもと》が分ったの？」

と、有里が言った。

「ああ、男の持っていた財布にレシートが入っててね」

と、村上刑事は言った。「定食屋での食事のレシートだった。で、その店の店員に、男の写真を見せたら、よく食べに来てる人だってことでね。近くのオフィスを片っ端から当ってみたら、四つめの会社で」

──有里は、令奈と二人、村上刑事と会っていた。

有里一人でも良かったのだが、令奈が村上に会いたがったのである。まあ、もちろん美樹のことを説明するのに、令奈がいた方が話が早いだろうが。

コーヒーショップの二階席で、三人はコーヒーを飲んでいた。

「名前は雨宮克郎《あめみやかつお》。三十五歳。──文房具を扱う小さな会社のサラリーマンだよ」

と、村上は言った。

「そんな人が、どうして車の中で殺されてたんですか？」

と、令奈が言った。

「分らないよ。それはこれから調べる。――雨宮って名に聞き憶《おぼ》えはないかい?」

令奈は首を振って、

「ちっとも……。でも、お姉ちゃんの名前を書いたメモ、持ってたんですよね」

「うん。お姉さんの行方はまだ分らないのかな」

村上の言葉に、有里と令奈は顔を見合せた。

――ややこしい事情の説明は、これからだったのだ。

だがその前に、有里には気になったことがあった。

「村上さん」

「何だい?」

「私なんかが、こんなこと言うのって何だけど……。雨宮さんって人のポケットに入っていたメモ、手書きの文字だった?」

「ああ、そうだ」

「その字って、雨宮さん自身の書いたもの?　それとも他の人の筆跡?」

村上はちょっと目を見開いて、

「――それは調べなかったな」

と言った。「そうか。勤め先で調べれば、本人の字かどうか分るな。――いや、ごめん。うっかりしていたよ」

「刺した犯人が、雨宮さんのポケットに入れたのかもしれないって気がして」

「すぐ調べさせよう。ちょっと待っててくれ」

村上は席を立って、一階へ下りて行った。

「――有里、いつから探偵になったの？」

と、令奈が言った。

「直感よ。でも、長い話はこれからね」

「うん。今の内にコーヒー飲んどこう」

少しして、村上は戻って来ると、

「他の刑事に、雨宮の会社に行かせたよ」

と、腰をかけて、「――それで、何か話があるって？」

有里は咳払《せきばら》いして、

「話せば長いことなんだけど……」

と言った……。

7　家の中

いやな気持だわ、車の中で待ってるって。

細川希代子《きよこ》はほとんど三十秒おきに車の時計へ目をやっていた。

助手席に座って、じっと待っている。

歩道を行く人たちが、みんな自分の方をチラチラ見て行くような気がした。

考えてみれば、そんなわけはないのだが。――誰も、希代子が夫のある身で他の男と温泉宿に泊って来たなどと知っているはずがない。

それでも人目が気になるのは、やはり希代子が後ろめたさを覚えているからだろうか……。

「そんな必要ないわ」

と、口に出して言ってみる。

そう。浮気したって当然よ。夫が散々女遊びしてるんだもの。私だって……。

確かに、その相手が、通っている教会の牧師さんだっていうのは、ちょっと問題かもしれない。でも、私にとって、あの人は、牧師である前に男なんだもの。

男と女。――愛し合うことのどこがおかしいだろう。

強引とは分っていても、そうして自分を正当化している。――お願い、早く戻って来て！

やっと、足早に戻って来る須永の姿が見えた。希代子はホッとしたが、須永はひどくしかめっつらをしている。

運転席に黙って座ると、大きく息をついた。

「――大丈夫？」

と、希代子は訊《き》いた。

「考えたくないな」

と、須永は言って、車のエンジンをかけると、「――真直ぐ帰るか？」

「え……。どうでも……」

と、希代子は口ごもった。

「少し遅れてもいいな」

と、須永は決めつけるように言って、車を走らせた。

グルッとUターンして、今来た道を戻っていく。

どこに行くの？　――そう訊きたかったが、希代子はやめておいた。

不機嫌なとき、何か話しかけると須永が怒り出すことが分っていたからだ。

須永は車を、目についたホテルの中へと入れた。

希代子は、結局ひと言も口をきかないまま、ホテルのベッドに入っていた。

「——すまない」

須永が、息を弾ませながら言った。「ちょっと色々とあって……」

「私はいいけど」

と、希代子が言った。「大丈夫なの？」

「大丈夫とは言えないな」

と、須永は言った。「女房が六本木のクラブのトイレで、誰かに殴られて倒れた。店の支払いと、病院までのタクシー代を請求されたよ」

「まあ、奥様、けがを？」

「大したことじゃないらしい。しかし、いい年齢《とし》して、一人でクラブとはね……。五万円も取られた。カードで払ったが……」

希代子は何とも言えない。須永は、

「すまないな。君にこんな話をしても仕方ないのに」

と言って、希代子を抱き寄せた。

「言って気が楽になるなら、いくらでも言ってちょうだい」

と、希代子は微笑んで、「あなたの声を聞くだけでウットリするのよ」

もともと、希代子が須永にひかれたのは、教会での説教のときの「声」に魅せられたからだった。説教の中身でなく、声に感動したのだ。

よく響く、いい声だった。須永も、自分の声の力をよく知っていた。

「声といえば、裕次の奴……」

「お嬢さんとどこにいるのか、手がかりは？」

「さっぱりだ。それに美樹だって、もう二十一。大人だ。誰とどこへ行こうが、止められない」

「私もね。もう二十五だから、何をしようと自由よね。少し違うかな」

と、希代子はちょっと笑った。

「ご主人は？」

「どうせ帰ってないでしょ。ともかくもてるの。どういうわけかしら、あんな人が」

と、希代子は言ってから、「あなたももてるのよね」

「やめてくれ。もうそんな年齢じゃない。君がいてくれれば充分だ」

希代子は、訊いてやりたかった。――じゃ、あの人は？　この人は？

須永に惚《ほ》れている女性を少なくとも三人知っている。

教会に熱心に通っている女性たちは、須永に憧《あこが》れている者と、歌が上手かった大崎裕次に熱中している者とに分れていた。どっちも「声」が魅力だという点では似ていて、後は「若々しいハンサム」か、「中年の落ちつき」かの問題だった……。

「――もう行くか」

と、須永はベッドに起き上った。

「奥様は――」

「今夜一晩入院すればいいらしい。さっき令奈からメールが来た」

「じゃ、お見舞に行かれた方が」

と、希代子は言った。「私、タクシー拾って帰りますから、病院に行ってあげて下さい」

須永はちょっと迷っていたが、

「――そうするか」

「それがいいわ。でも、クラブの支払いのことなんかで、文句言っちゃだめよ」

「そうだな」

と須永は苦笑した。

軽くシャワーを浴びて、服を着ると、ケータイが鳴った。

「令奈かな？」

と、取ってみると、知らない番号だった。「――もしもし、どなた？」

少し間があって、

「お久しぶりですね」

と、聞き憶《おぼ》えのある声がした。

「裕次！　お前か」

希代子も、服を着ようとしていた手を止めた。

「どこにいるんだ？　美樹はどうしてる？」

と、須永が言うと、

「おや、奥さんから聞いてないんですか？」

「何だと？」

「まさか、まだ六本木でお眠りになってるわけじゃないでしょうね」

「お前……。女房を殴ったのはお前か！」

「直接じゃありません。ただ、うるさく騒いだんでね。僕の連れが、ちょっと黙らせただけです。大したことなかったんでしょ？」

「何て奴だ！」

「そう怒られてもね……。大体、奥さんがあんな所で一人で酔ってるなんて、普通じゃないでしょ。それに、あなたも若い信者とうまくやってるそうじゃないですか」

「何の話だ！」

ついむきになる。

「それより、美樹のことです。どこにいるか知りませんか？」

須永は当惑して、

「どういう意味だ？」

「じゃ、奥さんから聞いてないんですね？　美樹はまずいことをやらかして、追われてるんです。見付かったら殺される」

「何だと?」

「早く見付ければ、僕が何とか助けますがね。このケータイ、僕の連れのですから、いつでもかけて下さい。お互い、美樹を死なせたくないでしょう?」

「おい、待て。一体どういうことなんだ? 誰が美樹を殺すっていうんだ」

「いずれ、ゆっくりお話ししますよ。ともかく、もし美樹がそっちに行ったら、僕に連絡しろと伝えて下さい。よろしく」

「待て、裕次! おい! ——もしもし!」

切れていた。

呆然《ぼうぜん》としている須永に、

「何があったの?」

と、希代子が訊いた。

「分らん」

須永はベッドに座ると、「女房を殴ったのも、裕次の連れだそうだ」

「裕次さん、どうしてるんでしょうね」

「あいつはもう別人だな。しかし、女房があいつと話したらしい。病院へ行ってみる」

須永は急いで仕度をして、「君は……」

「私なら大丈夫。早く行って」

と、希代子は言った。

「すまん！　じゃ、先に出る」

あわてた様子で部屋を出て行く須永を、希代子は見送った。

――もちろん、当然のことだ。

でも、せめてちゃんと服を着るまで待ってほしかった、と希代子は、あんまり意味のないことを考えた。

髪の乱れを直して、部屋を出ようとするとケータイが鳴った。夫からだ。

「もしもし、あなた？」

少し間があって、

「あの……奥様ですか？」

と、女の声。

「あなたは？」

「ご主人が――倒れたんです」

「え？」

「心臓の発作らしくて。今ホテルの人に、救急車呼んでもらってます」

「あの――いきなりそんなこと……」

「ここ、ホテル〈K〉って、M駅の近くです。後はよろしく」

「ちょっと待って！　もしもし？」

――切れてしまった。

え……。どこの何てホテルだっけ？

何も思い出せない。

「どうしよう……」

希代子は、しばし途方にくれて立ち尽くしていた。


今の女は、夫のケータイを使ってかけて来ていた。

希代子は、とりあえず、夫のケータイへかけてみた。ホテルに救急車を頼んだというから、誰か夫のそばにいるかもしれない。

ケータイが鳴れば出てくれるだろう。

しかし、しばらく鳴らしても、一向に出ない。諦《あきら》めた希代子は、

「でも、少なくとも救急車がどこかの病院に運んでくれるわよね」

と、自分へ言い聞かせた。

「救急車……。そうだわ」

一一九番に問い合せたら、夫が運ばれる病院が分るかもしれない。

あまり慣れていないので（当然だが）、ためらいながらではあったが、一一九へかけてみると——。

「もしもし、どうしました？」

と、向うが訊いてくる。

「主人が倒れて、救急車で運ばれるようなんですけど、どこのホテルか分りませんか？」

「は？」

「どこかのホテルのどこかの部屋で、夫が倒れたそうで」

「あのですね、いたずら電話はやめて下さい！」

相手の女性は、そう言って切ってしまった。

「いたずらじゃないのに……」

と、希代子は呟《つぶや》いた。


「ああ……」

有里は伸びをして、「昨日は疲れた！」

色々なことがあった。今思うと、何もかも夢だった、ってことになればいいのだが。

「今日も休みか」

学校が入試のせいで休みなのだ。昨日で入試は終っているのだが、今日は先生や事務の人たちのための休みだ。

「先生たちも大変だよね」

と呟いて、有里は起き出した。

十時を少し過ぎている。むろん朝である。

顔を洗って、服を着ると、ケータイにメールが届いていた。

村上刑事からだ。

「そうか」

ちゃんと説明したのだが、分ってくれたかかな。

〈有里君。調べたところ、根本誠は重傷だが、命は取りとめたようだ。姿を消した二人の女性については、まだ手がかりはない。あまり深く係《かかわ》らないようにね。村上〉

一応真面目に聞いてくれたようだ。

「なかなかよろしい」

と、ちょっと偉そうに肯《うなず》くと、大欠伸《おおあくび》をして、ダイニングへと下りて行った。

「――そうか」

令奈も村上さんにウットリしてたっけ。え？「令奈も」って、私が村上さんに惚れてるってことになるじゃない！

「違う！惚れてんじゃやない！話しやすいお友達ってだけだ！」

と、ダイニングへ入って行くと、

「何をブツブツ言ってるの？」

と、母、文乃が眉《まゆ》をひそめて、「ひとり言を言うようになると用心したほうがいいっていうわよ」

「用心って何よ？」

「もうトシだってこと」

「いくら何でも、それはないでしょ！　私まだ十六だよ」

「あんたは大人並みの経験してるからね。朝食、ハムエッグでいい？」

突然食事の話になるところが、文乃である。

「うん、それでいい。——雪、溶けたかなあ」

「知らないわ。お母さんは、『せっかくの雪景色だもの』って、張り切って出かけてった」

「へえ。描くのかな」

「そうでしょ、きっと。私なんか、写真撮ってくりゃいいと思うけど、お母さんは『印象が体にしみ込むまで、その空気の中にいなきゃならないのよ』ですって」

「風邪ひかなきゃいいけどね」

「本当。年寄の冷や水だわ」

と、文乃はキッチンに立って、「飲物はコーヒー？　紅茶？」

「クシュン！」

幸代は、小さくクシャミをして、「きっと、文乃か有里が噂してるのね」

と呟いた。

「あ、降ります」

と、バスの運転手へ声をかける。

「いいんですか、次で?」

幸代のことを知っている運転手が、ちょっと振り向いて、「何もない所ですよ」

「いいの。私にとっては、ちゃんとあるのよ」

「なるほど。天才は違いますね」

幸代はバスが停ると、肩からバッグをさげて降りた。

「お気を付けて」

と、扉が閉る前に、運転手が声をかけてくれる。

「ありがと」

――もういい年齢《とし》だから、少しボケて来たとでも思ってるのかしらね。

まあ、確かにこのバス停は、普段でもほとんど乗り降りする客がいない。まして、こんなにまだ雪が積っているときに……。

細い道は、誰も雪かきなんかしないので、足がズボッと雪に埋る。

「あらあら」

と、幸代は言った。「長靴にするんだったわね」

しかし、用心して歩いて、何とか靴の中まで雪が入って来るのは避けることができた。

風が吹きつけて来て、顔が凍るようだ。しかし、画家としての幸代は、この厳しい寒さも嬉《うれ》しいのである。

ここには「自然」がある。そして「自然」こそが、最大の絵画の師なのだ。

この細い道を辿《たど》ると、海へ出る。といっても砂浜ではなく、二十メートルほどの高さの崖《がけ》の上である。

あのバスの運転手が心配してくれたのも、その崖のせいだ。もちろん幸代のことを知っているから止めなかったが、これがもし、別の女一人の客だったりしたら、引き止めたかもしれない。

何しろ、ここは〈自殺の名所〉として、ネットで紹介されたことがあるのだ。もっとも、市役所からの抗議で、すぐに削除されたのだが、一旦《いったん》ネットに出てしまうと、広がるのを止められない。

しかし、幸代は、この岩肌が荒々しくむき出しになった崖が好きだった。

今は、その岩の隙間に白く雪が積って、微妙な模様を作っている。

「いいわね……」

と、寒さも忘れて、見とれていたが――。

「あら……」

崖っぷちのギリギリの所に男が一人、立っている。

「珍しいわね」

どういう男なのだろう？

崖から飛び下りるようにも見えないが。

男は一段と強く寒風が吹きつけてくると、首をすぼめて、少し手前へ戻って来た。そして、幸代に気付くと、びっくりした様子で足を止める。

幸代はにこやかに微笑んで会釈した。

男はちょっと面食らったように、小さく肯いて見せただけだった。

「お寒いですね」

と、幸代は言った。「よくここのことをご存じね」

「は……。いや、特に知ってるというわけでも……」

と、男は言いかけて、「あなたはどうしてここに？」

「割と近くに住んでるんですよ」

と、幸代は言った。「死のうと思って来たんじゃないんです。私、画家で」

「はあ……」

「この風景が好きなんです。特に、こんなに雪が残ってるなんて、めったにないことですからね」

「ああ、なるほど」

男はやっと理解したようで、「画家ですか。――いや、ちょっとびっくりして」

「あなたも、死ぬおつもりではないんでしょう？」

「そうですね。――でも、人間いつ死ぬか分りませんが」

「もちろんです。今、ここに隕石《いんせき》が落ちて来て、当って死ぬかもしれませんものね」

男はちょっと笑って、

「とんでもないことを考えるんですね、芸術家さんは」

と言った。「でも、僕は――実は、ここが〈自殺の名所〉だってネットに出ていたので、来てみたんです」

「でも飛び下りるつもりでなく？」

「ええ。その話をした女性が、もしかしたらここへ来ているかもしれないと思いましてね」

「心中でもするおつもり？」

「そうじゃないんです。彼女はもう死ぬ必要はない――いや、そうでもないんですが」

と、自分でも何を言っているか分らない様子で、「変なことを言ってしまいました。忘れて下さい」

「いいえ、少しも変なことじゃありませんよ。女の方を好きになるのは、誰にでもあることです」

男がびっくりして、

「どうして――恋をしてると分るんですか？」

「その女の方の話をするとき、表情が緩みましたもの。画家は人の顔をいつも見ています」

「なるほど。そう分るほど、表情が……」

「ええ、パッと明るくなられましたよ」

「へえ……。自分じゃ分らなかった」

「そんなものです。七十二歳にもなると、色んなことが分ります」

「七十……。お元気ですね。僕は四十五ですが、もうすっかりくたびれてます」

「そんなことはありません。恋ができるってことは、あなたの中に、生きる力が充分残っているということです」

「はあ」

「ね、そこの、テーブルみたいになった石があるでしょ。そこにちょっと腰かけてみて下さい」

「え？　――そこですか？」

「ええ、そこの雪を払って。ハンカチ、お持ち？　お尻《しり》の下に敷いて。――そうそう、ちょっと斜めになって」

幸代はスケッチブックを取り出すと、「手早くスケッチしますから、少し寒いのを辛抱して下さいね」

男は半ば唖然《あぜん》として、幸代が素早く手を動かしているのを眺めていた。

吹きつける風に、表情はこわばっていたが、幸代の目は、男の目に宿る光を見てとっていた。

十分くらいのものだったろうか。

「──はい、どうも」

と、幸代は微笑んで、「モデル、ご苦労さま」

「もうできたんですか？」

と、男はびっくりしている。「プロって凄《すご》いもんですね」

「いかが？」

と、幸代はスケッチブックを閉じると、「ここのバス停から少し歩くと、私のよく知ってる喫茶店があるんです。そちらで暖まりません？」

「しかし、こんな雪の日に……」

「大丈夫。趣味でやってるようなお店なので、客がいれば開けますよ」

「助かります」

と、男は言った。「正直、コーヒーの一杯でもと思っていました」

「じゃ、ご一緒に」

と、幸代は男を促して、「私は天本幸代といいます。よろしければお名前を……」

「はあ。寺……寺田《てらだ》といいます」

「では参りましょう」

二人は吹きつける風に背中を押されるように歩き出した。


「やあ、暖い！」

寺田はコーヒーカップをかじかんだ手で包んで、思わず声を上げた。

「そう。それが生きてるってことですよ」

と、幸代が言った。

寺田は、まじまじと幸代を見つめた。

喫茶店の中は、もちろん暖かったが、凍えた手はまだかじかんだままだったのだ。

「――本当ですね」

と、寺田は言った。「生きてる、ってこういうことなんだ」

そして、コーヒーをブラックのまま、ゆっくりと飲んだ。大きく息を吐き出すと、

「――おいしい!」

と言った。

「そうでしょ? ここのコーヒーは、本当にコーヒーの好きな人が淹《い》れているから」

と、幸代は微笑んで言った。

「きっとそうなんですね」

と、寺田は肯いた。

幸代は自分のコーヒーにミルクを入れて、二口三口飲むと、

「描いた絵をご覧になります?」

「ええ! ぜひ拝見したいですね」

と、寺田は即座に答えた。

「では……」

幸代はスケッチブックを取り出すと、ページをめくって、

「お気に召すかしら」

と言って、テーブルに置いた。

それを見て、寺田は啞然とした。

幸代はにこやかに微笑んで、

「いかが？」

と言った。

「いや……驚きました。簡単な線だけで描かれてるのに、生きてるようで……。しかし、これは……外じゃありませんね」

「ご覧の通りです」

と、幸代は言った。

寺田が面食らったのも無理はない。

あの寒い崖の上で、石に腰をかけていたはずの寺田の姿が、スケッチブックには、ゆったりとソファに寛《くつろ》いでいる姿に描かれていたのである。

「着ている物も……」

セーターを着ていることが、簡単な描写でも分る。そしてソファを囲む、カーペットや花の鉢、寺田の膝《ひざ》にかけてある毛布までが、一目でそれと分る。

「どうしてこんな……」

と、寺田は言った。

「あなたが家の中で寛いでいるところを想像して描いたんです」

「しかし……」

「あなたは〈家〉を持っていない。失礼ですが、私はそう感じたのです」

と、幸代は静かに言った。「あの崖も、あなたにはただの『死に場所』でしかない、と」

寺田は黙って、絵の中の「自分」を見つめていた。

「もし、あなたが、この世の中に自分のいる場所がないと思っておいでなら、それは違うと言いたかったのです。ご覧なさい。自宅の居間で寛いでいるあなたを。本当に、この風景の中に、ちゃんと納まっているじゃありませんか。これは夢ではありません。あなたが望めば、きっといつか手に入る生活です」

――寺田はじっとその絵を見つめていたが……。

「ありがとうございます」

と、呟くように言った。「いつか、こんな生活が……。でも、もう手遅れなんです」

「そうでしょうか。あなたは恋している女性と、こんな家の中にいたいと思いませんか?」

寺田の両の眼から大粒の涙が頬を伝い落ちた。――それに気付いて、ハッとした様子で、涙を手の甲で拭《ぬぐ》った。

「いやどうも……。お恥ずかしい」

と、口ごもる。

「何も恥ずかしいことはありませんよ。男性だって涙は出るのですから。自然に流れる涙は美しいものです」

寺田は深々と息をついて、

「あなたは……ふしぎな方ですね。何もかも見透かされているような気持になります」

「何もかも、なんて。人の心は分らないものです。自分の心の中だって、容易に分りませんよ」

幸代の口調はあくまで淡々として穏やかだった。

寺田はしばらく黙ってコーヒーを飲んでいたが、

「——この絵をいただいてもいいでしょうか」

と訊いた。

「ええ、どうぞ」

「ありがとうございます」

寺田はスケッチブックからそのページを外すと、折りたたんで、ポケットへ入れた。

「大切にします」

「あなた自身のこともね」

――喫茶店を出ると、バス停へと二人は歩いて行った。
コーヒー代は各々支払った。
幸代は、家の方へ向うバスがちょうどやって来たので、
「では、ここで」
と、会釈して別れた。
幸代はバスからその男を眺めた。
男はいつまでもバスを見送っていた。

8　秘密

雪にはならなかったが、外の空気はしびれるように冷たかった。
でも――走らなくちゃ！
冷えないように、トレーニングウェアは着ていた。
「さあ、行こう！」
と、自分へ号令をかけるように言って、走り出す。
川に沿った土手の道は、車も通らないので安心して走れる。ずっと続く道を端から端

まで走ると、ほぼ十キロになるので、トレーニングには良かった。

朝、まだ少し薄暗い時刻だ。たいていの家は窓も暗い。

大崎香《かおり》はゆっくりと走り始めて、少しずつリズムを取り、スピードを上げて行った。

吐く息が白い。吸い込む冷たい空気で、肺が冷えて痛いようだ。

でも、大丈夫！　健康には自信があった。

――今、香は十七歳。高校二年生である。

高校陸上の大会に向けて、毎朝こうして走り込んでいる。

「気持いい！」

朝の光が差して来て、思わず言った。

少し厚めの灰色の雲を押し広げるようにして、光が帯状に差しているのが、まるで絵に描いたようで、自分が走っていることを忘れてしまいそうだ。

香は一段と走るテンポを速めた。

さあ！　もう半分近く来たかな。あと五キロ！

そのとき、香は土手に沿って走る道路を見下ろして、車が一台同じ方向に走っているのに気付いた。

もちろん、車の方がスピードが出るに決っているが、その車は香と同じ速度で、ぴったりと並んで走っている。

あの車……。香の表情が曇った。

土手から下の道へ下りる石段の所で足を止めると、香は石段を下りて行った。

黒塗りの大型車も停っていた。

車へ近付いて行くと、助手席のドアが開いて、黒いスーツの男が降りて来た。

「——香さん、ごぶさたして」

と、男は言った。

「松山《まつやま》さん。何しに来たの？」

と、息を弾ませながら香は言った。

「社長がお呼びです」

と、松山という男は言った。

「お父さんとは約束したはずよ。学校へ行ってる間は一切干渉しないって」

「承知しております」

「それなら——」

「緊急のご用です。お乗り下さい」

「今すぐ？　汗だくよ」

「ケータイにかけましたが、お出にならなかったので」

「トレーニングのときにケータイなんか持って歩かないわ」

と言い返した香だが、相手が引き下がらないことは分っていた。

「分ったわ。着いたらシャワー浴びさせて。風邪ひきたくない」

「もちろんです」

後部座席のドアを松山が開けて、香は乗り込んだ。

車が滑るように走り出して、スピードを上げた。

首に巻いていたタオルで汗を拭《ぬぐ》うと、

「何があったの？」

と、香は訊《き》いた。

「それは社長からお聞きになって下さい」

と、助手席の松山が言った。

「お兄さんがまた何かやったの？」

「それもあります」

「大丈夫なの？　美樹さんっていったっけ。お兄さんの相手」

「色々厄介で。社長も苦労なさっています」

「好きでやってるんだもの。仕方ないでしょ」

と、香は言って、窓の外へ目をやった。

大崎裕次の妹が香である。

大崎の、要塞《ようさい》のような屋敷まで車で三十分ほど。香は、家から学校へ通えないこともなかったが、父親の仕事を嫌って、私立女子高校の寮に入ろうとした。

大崎は、香が家を出ることは許したが、安全を考えて、学校近くのマンションに住むことにさせたのだった。

「――今、香さんと、車でそちらへ」

松山がケータイで連絡している。相手は父だろう。

「着替えを用意しといて、と言って」

と、香は言った。


車が屋敷の裏手に回ると、突然、窓の外の地面がせり上って来た。

香はびっくりして、

「どうなってるの?」

「車ごと、地下へ入れるエレベーターです」

と、松山が言った。「扉を開けなくても入れるようにしたんです」

「へえ……。知らなかった」

車は地下の駐車場へと入って行く。

「ひと月ほど前にできたばかりで」

と、松山はちょっと得意げに、「私のアイデアなんです」

「さすが建築学部ね」

松山は国立大の建築学部を出ている。それでいて、今は大崎の子分の一人だ。

車を降りて、エレベーターに乗る。

松山は一緒に乗らずに、

「後でお迎えに上ります」

と、閉る扉の外で一礼した。

エレベーターが住《す》まいのフロアまで直行する。扉が開くと、

「お帰りなさい」

目の前に、スーツ姿の女性が立っていた。

「エレンさん。早起きね」

と、香は言った。

「シャワーを浴びられると伺って。ベッドの上にお着替えを出しておきました」

「ありがとう」

桑田《くわた》エレンは父、大崎康の秘書である。名前の通り、外国の血が入っていて、色白なのは北欧系かと思わせる。

「お済みになったら、呼んで下さい」

「松山さんが迎えに来ると言ってたわ」

「何か召し上るでしょう？」

「そうね。じゃ、サンドイッチでも」

「かしこまりました。松山には伝えておきます」

一礼して、エレンは出て行った。

「ああ……」

と、伸びをする。

今、住んでいるマンションも、女子高校生が一人でいるには広過ぎるくらいだが、この屋敷の広々とした部屋で育った香は、やはりここへ帰るとホッとする。

何があったのだろう？

心配していても仕方ない。——香はバスルームへ入って、裸になると、シャワーを浴びた。

一旦《いったん》髪まで濡《ぬ》らしてしまうと、手間がかかる。結局三十分以上して、やっと仕度ができた。

——エレンが用意しておいてくれた朝食を食べてから、父の部屋へ向った。

「来たか」

大崎康は振り返った。

どれだけ待たされても、大崎は娘に文句は言わない。

「何なの、突然」

と、香は言った。

ここは大崎康のオフィスである。松山が〈社長〉と呼ぶように、実際の大崎は数十に上る企業の〈社長〉だ。

今も、三つ揃いにネクタイ。どこから見てもビジネスの世界の人間だ。

大きなデスクの傍らで、エレンがメモを取っている。

大崎に言われる前に、エレンは素早く立ち上って、

「続きは後ほど」

と言うと、香へ一礼して、広いオフィスを出て行く。

「エレンさん」

と、香は声をかけた。「サンドイッチ、おいしかったわ」

「ありがとうございます」

香はソファに腰をおろすと、

「よくできた人ね、エレンさん」

と言った。「お父さん、どう思ってるの？」

「どう、とは？」

「再婚する気はないの、エレンさんと」

大崎は苦笑して、

「お前はそんな心配をする年齢《とし》じゃない」

「もう十七よ。お父さんの知らない顔だって持ってるわ」

と、香は言って、「それより、朝のランニングの邪魔してまで呼ぶなんて、どんな用事？」

「うむ。――お前にはすまないが、ひと月ほど、この屋敷で過してくれ」

「え?」

「一歩も外へ出るなとは言わないが、できるだけ外出は避けてくれ」

「お父さん……」

「安全のためだ」

穏やかな口調だが、本気だった。

「何が起るの?」

「ちょっともめごとがあってな」

「お兄さんのことと関係が?」

「全くないこともない」

と、大崎は曖昧《あいまい》に言って、「ともかく、ここにいれば絶対安全だ」

「一体何ごと?」

大崎は向い合ったソファにかけると、

「お前も知っておいた方がいいな」

と言った。「お前も会ったことがあるだろう。小林伸介《こばやししんすけ》という男」

香の表情が一瞬こわばったが、大崎は気付かなかった。大崎は続けて、

「私の幼なじみで、仕事の場で再会したときは嬉《うれ》しかった」

「憶《おぼ》えてる。お宅に招《よ》ばれて、夕ご飯をごちそうになった。中学一年生のときだわ」

「ああ。まさか小林が〈裏の世界〉でも同業者だとは思わなかった」

「小林さんが？」

「今思うと、あの再会も仕組まれていたのかもしれん。ともかく、いつの間にか、こちらの縄張りに食い込んで、しかも今も勢力を伸し続けている」

「まさか……今どき出入り？」

「避けたいと思ってはいる。銃弾が飛び交うことになれば、警察が喜んで介入してくるしな」

「でも――そうなりそうなの？」

「このところ、向うが挑発してくるような事件が相次いでいる。いや、お前は詳しいことを知らなくていい。ともかく、これから小林とはいつ戦闘状態になってもおかしくないことだけ、憶えておけ」

香はちょっと間を置いて、

「トレーニングに出て来たままよ。ケータイも置いて来た。一旦マンションに帰らせて」

「分った。松山を連れて行け。用心のためだ」

「分った。――学校はどうするの？」

「医者に診断書を書かせる。しばらく休んでくれ」

「そんな……」

「ボディガードを付けて通うのも、気が重いだろう」

「そうね……。もし何かあって、友達が巻き添えになったら大変。いいわ。休む」

「すまないな」

香はちょっと皮肉げに、

「本当にすまないと思ってる？」

と言った。「でも、一つだけ譲れない」

「何だ？」

「朝のランニング。いつもの土手の道を十キロ往復する。これだけは続ける。それが言うことを聞く条件よ」

「ランニングマシンではいかんのか」

大崎が初めて渋い顔になる。

「全然違う。大会には出るつもりよ。今、ランニングをやめられない」

父も娘も、譲れないことを言うときは似ているのである。

「——分った。何とかしよう」

と、大崎は肯《うなず》いた。

「それと——お兄さん、どうしたの？」

「裕次の奴、帰って来たのはいいが、連れて来た女がな……」

「美樹さんっていったっけ？　お兄さんのいた教会の牧師さんの娘でしょ」

「今、行方不明だ」

「どうしたの？」

「ま、色々あってな」

と、大崎は首を振って、「裕次は美樹を捜しに行った」

「まさか……小林さんとのトラブルに巻き込まれたとか？」

「出て行った理由は別だ。しかし、小林がこのことを知って、美樹を捕まえでもしたら、厄介なことになる」

「そうね。――じゃ、お兄さんも必死だ」

「ああ」

と、大崎は肯いたが、「もう少し、ものを考えて行動してくれる女だと良かったのだがな」

つい本音が出た、という様子だった。

「じゃ、私、一旦マンションに戻る。早い方がいいんでしょ、ここに来るの」

「そうしてくれ」

大崎は微笑んで、「お前とは話がしやすくて助かるよ」

と言った。

そんなことないのよ、と心の中で香は言った。お父さんは何も分ってない。

「でも……」

と、香は少しためらってから言った。「できることなら、殺し合いは避けてほしいわ」

「私だってそう思ってるさ。しかし、今のところ、どうなるかは小林の出方次第だ」

「直《じか》に話したの？」

「話し合おうとしたが、拒まれた」


「そう……。でも、諦《あきら》めないで。くり返し話し合うように努力してよ。向うだって、血を流したくないと思ってる人がいるでしょ」

話しながら、香は父から返事はないだろうと思っていた。「本業」について、たとえ、娘や息子の意見でも聞く父ではない。

「お前はそんな心配をしなくていい」

案の定、素気ない口調で、「すぐ出るか」

「ええ。——三十分したら」

「分った。用意させる」

話は終った。

香は自分の部屋に戻ると、少しの間、ベッドに腰をかけて、難しい顔で考え込んでいた。

ケータイを持って来なかったのを後悔した。まさか、こんなことになろうとは——。

もちろん、部屋にも電話はある。外へは直通だ。しかし——。

迷っていると、そのベッドのそばの電話が鳴り出して、びっくりした。内線かと思ったが、外からだ。

「もしもし」

と出てみると、

「──良かった！」

と、安堵《あんど》の声が。「ケータイにかけたけど、出ないから心配したよ」

「ごめんなさい。ランニングしてて、そのまま自宅に来たの」

と、香は言った。「電話してくれたのは──」

「君も聞いたんじゃないか」

「ええ。──まさか、と思ってたとこ」

「僕も知らなかった。何だか急に危くなったみたいだ」

「あなたのお父さんのことは、あなたから聞いてたから驚かなかったけど、全面戦争になりそうって本当？」

父も知らない、香の「彼氏」。名を小林志郎《しろう》という。父と争っている小林伸介の息子である。

「詳しいことは教えてくれないんだ」

「こちらもよ。しばらく家で暮せって。学校も休む」

「深刻だな」

「あなた、大学は？」

「トレーニングがある。講義は休んでも、走ることはやめられないよ」

香が志郎と会ったのは、昨年の陸上大会のときだ。

百メートル、二百メートルの短距離で、目立って勢いのある大学一年生がいた。

香が八百メートルを走って引きあげようとしたとき、

「僕を憶えてる？」

と、声をかけて来たのが小林志郎だった。

小林というよくある姓なので、全く注意していなかったのだが、中学生のとき招ばれて行った小林伸介の所で、志郎に会っていたのだ。

同じ陸上に熱中する者同士、二歳年上の志郎に香はすぐにひかれて行った。

そして、志郎から、父親の「裏の仕事」について聞かされた香は、二人の付合に父が反対するに違いないと思って、内緒にしておくことにした。

お互い、

「親は親、子は子だよね」

と、納得した上での付合は、香が一人暮しをしていたので、大崎にも知られずにすんでいたのだ。

しかし、こうなると……。

「外出しても、ボディガードが付くと思うわ」

「そうだな……。でも、どこかで——」

「もちろんよ！　何とかして機会を作るわ」

突然会えなくなるという思いほど、恋を燃え上らせるものはない。

「ともかく、夜に連絡する」

と、香は言って、とりあえず志郎の声を聞いてホッとしていた。

一旦マンションに戻ることにして、駐車場へ下りて行くと、松山だけでなく、他に三人も待機していた。

「みんな一緒に行くの？」

と、香が目を丸くした。

「この三人はもう一台の車で、後からついて来ます」

と、松山が言った。「持ち出される物が多ければ、お手伝いしますし」

「そうね……」

これでは、志郎と会う機会など作れるかどうか……。

「香さん」

と、エレンがやって来た。「もしよろしければご一緒しましょうか」

「エレンさんが？」

「特に社長から命じられたわけではないのですが」

香はちょっと迷ったが、ここへ持って来たい物には、女性ならではのものもある。

「そうね。来てもらおうかしら」

「かしこまりました」

松山が助手席に、エレンは香と並んで後部座席に乗ることになった。

　車がエレベーターで地上へ上り、滑らかに走り出す。

「──大変なことになりそうね」

　と、香は言った。

「香さんも用心なさって下さい」

　と、エレンが言った。

「エレンさんは、今の仕事で満足しているの？」

「精一杯、努力するだけです」

「もし……本当に戦いになったら、あなたも巻き添えになるかもしれないわ」

「それは仕方ありません。大崎様の秘書なのですから」

　エレンは淡々としている。

　前の座席とは仕切りがあって、話は松山に聞こえないはずだ。

「エレンさん。本当のことを教えて」

「何でしょう？」

「お父さんと、どういう関係？」

　エレンはさすがにすぐには返事しなかったが、その間が、答えているように思えた。

「社長に忠実に行動するだけです」

　と、エレンは言って、二人はそれきりマンションに着くまで話をしなかった。

9　ツイてない話

「心臓ですね」

医師は、ひと言アッサリと言った。「当分は絶対安静です」

「はあ……」

「ま、そういうことです」

医師にとっては、毎日のことで珍しくもないのかもしれないが、それにしても、心臓発作で倒れ、救急車で運び込まれた患者の妻に、もう少し思いやりというものを見せてくれても良さそうなものだ。

しかし、希代子は、夫が運び込まれたこの病院を探し当てるのに、すっかりくたびれてしまって、医師に文句を言う元気など全くなかった。

医師は忙しそうに行ってしまうかと思ったが、何か思い出したのか、スタスタと戻って来て、

「奥さんですよね？」

と言った。

「はい、そうです」

「聞いたところでは、ご主人、他の女性とホテルにいて倒れたようですが」

「そのようです……」

「ご主人に、色々おっしゃりたいことはあるでしょうが、今、ご主人を興奮させたり怒らせたりすると、心臓に悪影響を与える恐れがあります。差し当りは、その点、責めないであげて下さい」

「は……」

呆気《あっけ》に取られて、希代子は医師の後ろ姿を見送っていた。

希代子だって、牧師の須永と浮気していたのだから、夫を責めようとは思わない。しかし、今の医師の言い方は、明らかに「男の浮気は仕方ないんだから」という意味をこめていた。

冗談じゃない！　希代子が須永へと近付いたのは、もともと夫が女遊びをくり返して、こりなかったからだ。

どっちが悪い、と言うつもりはないが、まるで夫にやさしくしてあげなさい、とでも言いたげな医師の言葉には腹が立った。

もっとも、腹が立っても、もうとっくに医師は希代子の声の届かないところに行ってしまっていたが……。

「無理だと思うけど」

と言ったのは、美樹だった。

「ええ、分ってます。たぶん、あの人に会える可能性なんて、一パーセントも――いいえ、○・一パーセントもないと思います。でも、他に方法ないんですもの。万に一つ……」

「分った分った。いいわよ別に」

と、美樹はなだめるように、「それであなたの気がすむのならね。それに、何かちょっと食べときたい」

勝手に（?）姿を消した二人だったが、どこへ行くというあてもなし、ネットカフェ辺りで時間を潰《つぶ》したが――。

加代子が、どうしても、

「あの人に会わなきゃ！」

と言い張るので、美樹も付合うことにしたのだった。

加代子の言う「あの人」とは、父親を刺して逃げている男だが、名前も知らない。

それでも、加代子としては「自分のせいであの人が犯罪者になっちゃった！」という負い目を感じている。

そこで思い付いたのが、「あの人と出会ったコーヒーショップに行ってみること」だった。

二人の間に、共通点といえば、このコーヒーショップしかないわけで……。

美樹は呆《あき》れていたが、「行きゃ気がすむのなら」という気分。

店に入ると、加代子は店内を見回し、「あの人」がいないことを確かめた。

「さ、何か食べよ」

美樹が促して、二人はホットドッグとカフェラテを頼んだ。

「できましたら、この番号でお呼びします」

と、制服の女店員から番号札を渡される。

二人は、ちょうど若いカップルが立った席に座ることができた。

「ホットドッグくらい、すぐできるよね」

と、美樹は言った。

しかし、待たされること、約十分。

「16番のお客様」

と呼ばれて、

「私、取って来ます」

と、加代子が立ち上る。

代金は先に美樹が払っていたし、二人とも席を立つと、空いたのかと思われるかもしれないので、

「じゃ、お願い」

と、美樹は加代子に任せることにした。

加代子はカウンターへ行って、トレイにのった二つのホットドッグとカフェラテを受け取った。

「クリームとお砂糖はそちらから」

自分で取るのだ。――そう、取り忘れて、あの人が自分のをくれたっけ……。

トレイを手に席へ戻ろうとしたとき、

「コーヒー」

と、注文する男の声が、背後に聞こえた。

「――まさか」

トレイを手にしたまま、加代子は立ちすくんだ。

そう。よく似た声なんだ。きっと、それだけのことだ。

加代子は、そろそろと振り返った。

「――あ」

とだけ言った。

コーヒーを受け取った、「あの人」が、加代子に気付いて、
と言った。

「やあ」

二人はしばらく動かなかった。――といっても、何秒かのことだろう。ずっと立っていたら、他の客から文句を言われたに違いない。

「加代子ちゃん」

と、美樹が声をかける。「そんな所に立ってるとぶつかるよ」

そして気が付いた。加代子の様子に。

本当に「あの人」がここにいたのだ！

「あ……。こっちに」

やっと我に返った加代子がトレイを持って来て、男がついて来た。

「美樹さん……」

「うん、見てれば分るわよ、あなたの様子」

と、美樹は肯《うなず》いた。「椅子一つ持って来て座れば？」

というわけで、二人用のテーブルを三人で囲むことになった。

「ここへ来たら、あなたに会えるかと思って……」

と、加代子は胸が一杯の様子で、「でも、本当に会えるなんて！」

「全くだ」

と、男は言った。「僕も、君に会うには、この店しか手がないと思って……」

「良かった！　あなたの名前も聞いてなかったから」

「そうだっけ？」

「そうよ」

「気が付かなかったな。僕は寺井っていうんだ。寺井徹」

「寺井さんね！　やっと分った」

加代子は涙ぐんでいる。「いやだわ、私ったら……。食べましょ」

「うん」

二人がホットドッグを食べ始めるのを見て、美樹は、

「ちょっと！　それ、私のホットドッグでしょ！」

「あ――。ごめんなさい！」

「いいわよ。自分で頼んでくる！」

頭に来ながらも、つい笑ってしまう美樹だったが……。

また待つのもいやだし、すぐ食べられるサンドイッチを買って、美樹は席へ戻ろうとした。

「え……」

と、立ちすくんだのは、加代子と寺井という男が、こんな人目のある所でキスしていたからだった。

あのね……。

思い切り咳払《せきばら》いして席に戻ると、さすがに二人は顔を赤らめて離れた。

「いや、申し訳ない」

と、寺井という男は言った。「いい年齢《とし》をして、この子に惚《ほ》れてしまった」

「寺井さん……」

「もちろん分ってる。僕にそんな資格はない。君の親父さんを刺して、刑務所へ入る身だ」

「ちょっと！　大きな声で言わないで！」

と、美樹は呆れて、「誰が聞いてるか分んないでしょ！」

ともかく、加代子と寺井という男、すっかり「二人の世界」に入り込んでしまっているらしい。

「これからどうするの？」

と、サンドイッチをつまみながら美樹は言った。「めいめい、姿を隠してなきゃいけない事情があるわけね」

「僕は、どうせ捕まると思って、死のうかと思ったんだ」

「だめよ、そんな！」

と、加代子は寺井の手を握って、「そのときは一緒よ」

「ちょっと。メロドラマやってるときじゃないでしょ、今は」

「いや、それがふしぎなことがあってね」

と、寺井はポケットから折りたたんだ紙を取り出した。「この絵を描いてくれた女性がね……」

居間で寛《くつろ》ぐ寺井の姿を描いたスケッチを見て、加代子はびっくりした。

「すばらしい絵ね」

「な？　きっと名のある人なんだろう。その人に言われた言葉で、死ぬのをやめたんだ……」

寺井は、雪の残る崖《がけ》での出会いについて、二人に話した。

「──いつか、こんな風に寛げる日が来るのかな」

「きっと来るわ」

と、加代子は言った。「何十年でも待ってるわよ」

「そうもいかないよ」

と、寺井は微笑んで、「ここで君に会えて満足だ。君は誰か、もっとまともな男と一緒になって、幸福になってくれ」

「いやよ、そんなの！」

「新派悲劇はよそでやって」

と、美樹は言って、「ちょっと絵を見せて」

手に取って見ていたが、

「これ……。あの学校で会った、天本有里ちゃんのお祖母《ばあ》さんの絵だわ」

と言った。

「え？　美樹さん、知ってるんですか？」

「この隅の小さなサイン。見たことあるわ。妹の令奈と同じ高一に、天本幸代さんの孫がいるの。あの有里ちゃんって子。ふしぎな縁ね」

「有名な人なのか、やっぱり」

と、寺井は感心した様子で、「そんな人が、僕のために描いてくれたんだな」

「生きなきゃ」

と、加代子は言った。「そうなのよ。この絵はあなたに生きろ、って言ってる」

「天本幸代さん、あなたのこと、察してたのかもしれないわね」

と、美樹は言った。「有里ちゃんが話してただろうから」

そして——さて、どうする?

「ともかく、これを食べちゃおう」

と、美樹は言って、サンドイッチの最後の一つを口の中へ放り込んだ。


頭に来たとき、思いの丈をぶちまける相手がいるかどうかは、大きな問題である。

希代子は、浮気していて心臓発作で倒れた夫のために入院の手続をしながら、段々腹が立って来ていた。

「——本当にもう!」

グチをこぼしたい友人といっても——。希代子が牧師の須永と不倫中ということは、仲のいい主婦たちの間で知られていて、このところ評判が悪い。

希代子がグチをこぼそうものなら、

「自業自得でしょ」

と、冷たく言われるのは目に見えていた。

「――そうだ」

病院を出たところで、食事していて思い出したのは、兄のことだった。

大分年上で、希代子のことをいつも気にかけてくれている。

「兄さんにかけてみよう」

食堂は空《す》いていたので、席でケータイを取り出した。

しかし――かけても出ない。

「仕事中かしら……」

気になった希代子は、兄の会社へかけてみることにした。

「――あ、もしもし。雨宮、おりますでしょうか。妹ですが」

向うは、しばらく黙っていた。

「あの――」

「失礼ですが」

「は？」

「雨宮克郎さんでしたら、亡くなりました」

「え……」

希代子はしばらくポカンとしていた。

気が付くと、もう電話は切れてしまっていた。

「今……何て言った?」

亡くなりました? それって——どういうこと?

「聞き違いだわ。絶対にそうよ!」

どうしよう? もう一度、電話してみようか。

迷っていると、ケータイが鳴った。——兄さんかしら?

「もしもし?」

「失礼ですが」

と、男の声で、「今、雨宮さんのことで、会社へ電話されましたか?」

「ええ。あなたは?」

「警察の者です。村上と申します」

「警察?」

「雨宮克郎さんとはどういう……」

「妹です。細川希代子といいますが」

「なるほど。結婚されて姓が細川に」

「そうです。あの——会社の人が言ってたのは……」

「ご存じなかったんですね。雨宮克郎さんは亡くなりました。殺されたんです」

「殺された……」

希代子は食堂の中を見回して、この話を周囲の人に聞かれたくない、と思った。

「あの、ちょっと待って下さい。こちらからかけ直します！」

やっと、まともな対応ができた希代子だった。

食堂を出ると、夫の入院している病院の方へ戻って行って、ケータイに着信した番号へかけた。

「——失礼しました。あんまりびっくりして」

「分ります。お話を伺いたいのですが、その前に、遺体の確認をお願いできないでしょうか」

「はあ……」

断るわけにもいかず、希代子はどこへ行けばいいのか聞いて、「すぐ伺います」

——どういうこと？

ともかく、兄、雨宮克郎が死んだことは確かなようだ。

兄は三十代半ばだが、独身だった。遺体の確認を希代子がしなくてはならないのも分る。しかし、「殺された」ってどういうことよ！

殺されたというからには殺した人間がいるのだろう。刑事には訊《き》かなかったが、犯人は捕まっているのだろうか？

夫は入院、兄は殺される。——何てひどい日なんだろう！

この嘆きを聞いてくれる人はいない。

「そうだわ」

と、希代子は呟《つぶや》いた。「兄さんに話を聞いてもらおう!」

兄のケータイへかけようとして——思い付いた。その兄が死んだのだ。

「ひどいわ!」

希代子は天を仰いで叫んだ。

近くを歩いていた人が、びっくりして、あわてて希代子から遠くへよけて通って行った……。

10 禁断の扉

「あ……」

と、令奈が言った。

「どうしたの?」

並んで歩いていた有里は、「忘れものでも?」

「いえ……」

有里にもすぐ分った。

学校の帰り道、二人の行手に、黒塗りの大きな車が停っていて、今、そこから黒いコートをはおった男が降り立ったところだった。

「裕次さん……」

と、令奈は言った。

「やあ、令奈ちゃん」

これが大崎裕次か。有里は、この若い男が牧師を目指していた姿を想像できなかった。

「話があるんだ」

と、裕次は言った。「分るだろ」

「うん……」

「車に乗ってくれ」

令奈はチラッと有里の方へ目をやった。

「お友達には、ここでさよならしてもらうんだな」

と、裕次は車のドアを押えて言った。

「この子も一緒に」

と、令奈は言った。「事情、知ってるの」

「何だって？」

裕次は有里を見て、「どこまで知ってるんだ？」

「私の知ってることは何もかも」

と、令奈は言った。「お姉ちゃんとも会ってる」

「美樹と会った？」

「でも、またいなくなっちゃったの」

裕次はちょっと考えていたが、

「いいだろう。——二人とも乗れ」

有里と令奈はその大きな車に乗り込んだ。

後部座席が向い合せのシートになっている。

車は走り出した。

有里は、祖母のパーティなどにも出ているから、こういう車にもそうびっくりしないが、ここは、わざと目を丸くして、

「凄《すご》い車ですね！」

と、驚いて見せた。

「飲物が欲しけりゃ出てくるぜ」

ボタンを押すと、床からスーッと戸棚がせり上って、パカッと開くと、コーヒーポットが出て来た。

「——で、令奈ちゃん、美樹はどうしたって？」

「逃げて来たって言ってたよ、お姉ちゃん。何があったの？」

と、令奈は言った。

「まずいことがあってね」

と、裕次は言って、「ともかく、美樹がどうしたのか、話してくれ。どこで会ったって？」

「学校で」

「学校？」

「〈興津山学園〉だよ。そこにひょっこり……」

令奈は、美樹を部室に泊めたこと、飛び入りで現われた根本加代子のことなど、いきさつを話した。

「——じゃ、その根本とかって女と二人で消えちまったのか」

と、裕次は首を振って、「呑気《のんき》だな、全く！」

「お姉ちゃんが言ってたように、裕次さんの家って、マフィアの大物みたいなところなの？」

「まあ……そうだ」

「それでいて、牧師になろうって？」

「家業にいやけがさしたんだ。須永さんだって、初めの内は信仰に生きてる人だと思ってたよ」

「誤解だったね」

「全くさ。——須永さんと奥さん、どっちも表と裏じゃ別人のようだった」

「それで、家に戻ったのね」

「他に行く所がなかった。美樹は何だか遊び半分で、本気で二人きりで生きて行こうなんて思ってなかったんだよ」

「もともと、お姉ちゃんはそういう人だよ。分んなかった?」

令奈のさめた言い方に、裕次は苦笑した。

「気付く前に惚《ほ》れてたよ」

「でも、お姉ちゃんは裕次さんの家から逃げ出したんでしょ? 何があったの?」

裕次は有里の方を気にしていた。どこまで聞かせていいか迷っているのだろう。

「この子、天本有里っていって、お祖母《ばあ》さんは有名な画家の天本幸代さん」

「天本幸代? 知ってる」

と、裕次が目を見開いて、「親父が何点か絵を持ってるよ」

「どうも……」

と、有里は言った。「今の令奈の話で、大方のところは分ってもらえました?」

「大体のところはね。しかし、根本とかいう女がどうして一緒なんだ?」

「それは分らないけど、ともかく、あなたのお話を聞かせて下さい」

有里の口調に、裕次はちょっと面食らったようだったが——。

「あまり詳しくは話せないんだ。君らのためにもね」

と、裕次は言った。「ともかく、美樹は聞いちゃいけないものを聞いてしまったんだ……」

「だからって、殺さなくたっていいじゃない」

と、令奈が言った。

「しかしね、あの世界は、こっちとは違う。——美樹には、そこがよく分っていなかったんだ」

「ここには絶対入っちゃいけない」

そう言われて、入りたくならない人間はまずいないだろう。

美樹もその一人だったし、さらに悪いことに、その手の好奇心は人一倍どころか、人の十倍も強いタイプ。

裕次に連れられてやって来たのはいいが、ともかく要塞《ようさい》のような建物の中は、広くて迷路のよう。

いや、もちろん、裕次と二人、新婚気分で暮すのに必要なスペースは限られていたが、そこだっていい加減広い。

そこで美樹は、裕次に香という妹がいることを初めて知ったり、食事だって掃除だって、家事全般、何でも人にやってもらえることも分った。

そして、そういう生活は、美樹にとって、とても快適だった。しかし、「何もしなくていい」となると、毎日が退屈なのは当然のことで……。

裕次はといえば、父親の仕事を嫌って家を出てしまったはずが、

「やっぱり親父を見捨てちゃおけない！」

とか言って、毎日父親について「ギャング学」（そんな名があるのかどうか知らないが）の習得に余念がなく、一向に美樹の相手をしてくれないのだ。

かくて――暇を持て余した美樹は、ここへ来たときに、まず、

「ここから先へは入っちゃいけない」

と、第一に言い含められていた所を覗《のぞ》きたくなったのである。

まあ、もし見付かっても、裕次の妻なのだ。ちょっと叱られるくらいですむと、高を括《くく》っていた。

「入っちゃだめ、って言うなら、入れないようにしといてよね……」

と言いつつ、エレベーターで地下へ下りて行ったのである。

そこは何の変哲もない廊下だった。

飾り気のない、のっぺりした壁と天井。

廊下の突き当りに、重そうな扉があった。

「金庫か何か？」

と呟《つぶや》きつつ、美樹はその扉の方へと歩いて行った。

両開きの扉は、見たところ木でできているようだが、触れると金属だと分った。

頑丈な鉄の扉なのだ。

どうしよう……。さすがに、それを開けて中へ入っていいものか、ためらったが――。

そのとき、扉が開いて来たのだ。あわてて脇へよけると、出て来たのは、大崎康の子分の松山という男だった。

「――ああ、そうだ。ともかく、何とかしないと」

ケータイで話しながら、大股《おおまた》に歩いて行く。

壁に身を寄せていた美樹に気付かなかったのである。

あわてんぼうね、こんなに近くに立ってたのに……。

扉がゆっくりと閉って行く。――とっさに、美樹は閉る寸前、中へと入り込んでいた。

少し狭くなった通路があり、その左右には戸棚が並んでいる。

そして、奥へ入って行くと……。

さらにドアがあって、細く開いている。

「――どうすればいいと思う？」

と、声がした。

「先手をうつんだ」

と言った声は、裕次だった。「それしかないよ」

「そう割り切れればな」

と言ったのは、どうやら父親の大崎康らしい。

「親父らしくないじゃないか」

「そう言うな」

と、大崎康は言った。「お前は、本物の闘争を知らない」

「親父も年齢《とし》だな」

裕次はそう言って、「——誰かいるのか」

と、ドアの方を振り返った。


それだけ？　——いや、そんなはずはない。

それなら美樹を殺さなくてはならないほどのことではないだろう。しかし、もちろん裕次が今、令奈や有里にそんな「秘密」を明かすはずもない。

「言えるのは、今、親父の組織は危機にあるってことだ」

と、裕次は言った。「敵がいる。——いつ戦争になってもおかしくない状態なんだ」

「今どき、武力闘争ですか」

と、有里は言った。「今はもっと頭を使って稼いでるのかと思いました」

「表向きはそうだよ」

と、裕次は肯《うなず》いて、「しかし、その利害がどこかで衝突すれば……。あるいは同じ縄張りでぶつかれば、最後は力で結着をつけるしかなくなるんだ」

「お互いにとって損じゃないですか？」

「それでも、互いに意地を張らなきゃならないってことがあるのさ」

「でも——」

と、令奈が言った。「お姉ちゃんがどうして……」

「一つには、知られたくないことを知ったからだ。しかし、もう一つ心配なことがある。うちの敵が、美樹を手に入れたらどうなる？」

「人質にするってこと？」

「向うも知ってるはずだ。僕の妻だってことはね。しかし、たぶんまだ逃げ出したことは知らない。だから何とかして、向うに見付かる前に、見付けて連れて帰りたい。そうすれば、何とか美樹を助けられると思うんだ」

令奈は、しばらく探るような目で裕次を見ていたが、

「本当だね」

と言った。

「ああ。――僕は美樹に惚れてる。だから見付けたい。何か知ってたら教えてくれ」

少なくとも、裕次の気持に嘘はないようだと有里は思った。もっとも、組織の中の一人として、裕次の思いが通るとは限らないだろうが。

「私たちも、美樹さんがどこにいるか、分りません」

と、有里は言った。「ただ――根本加代子って人が一緒です。父親は刺されて入院してる。もし、加代子さんが父親のいる病院に行くとしたら、きっと美樹さんも一緒です」

「あ、そうか」

と、令奈は言った。「でもお父さんが死ねばいいと思ってるんだから……」

「確かめに行くってこともあるわ」

「その父親ってのは、どこに入院してるんだ？」

と、裕次は身をのり出した。

11　つながる

「もしもし」

「ああ。——どこからだ？」

と、須永章二牧師は訊《き》いた。

希代子からの電話だった。

「今、何してるの？」

と、希代子が何だか投げやりな口調で言った。

「教会だ。片付けなきゃいけない仕事があってな」

と、須永は言った。「どうかしたのか」

「どうして？」

「いや……。何だか話し方が……。もしかして、酔ってるのか？」

「違うわよ！　こんなに静かなバーなんてないでしょ」

「そうだな。家からかけてるのか？」

「いいえ。どこだと思う？」

「さあ……。分らんよ」

「死体置場」

「――何だって？」

「あのね、主人が……」

「ご主人が？　亡くなったのか？」

「いいえ。主人は入院中。彼女と張り切ってるときに心臓発作起こしてね」

「そいつは……」

「兄がね、死んだの」

唐突に言われて、須永はわけが分らなかった。

「お兄さん？」

「そう。雨宮克郎。一度会ったことあるわよ。憶《おぼ》えてないでしょう」

「いや、待てよ。――そうか、えらく真面目そうな。君とご主人の間を心配してた。あの人が亡くなったのか。――死体置場っていうのは？」

「兄だってことの確認よ」

と、希代子は言った。「兄は独身だったから」

「なるほど。それで――間違いなく？」

「ええ、兄だった」

「気の毒に。何か……事故にでもあったのか？」

「いいえ。ただ、殺されただけよ」

「何だって？」

「殺されたの。犯人はまだ分らない」

「そんなことが……。ショックだね、それは」

「あなたは知ってた？」

訊かれて、須永は当惑した。

「知ってた、って……。何を？」

「兄が殺されたことよ」

「いや、知らんよ！　どうして私が――」

「村上って刑事さんから聞いたわ。兄が死んでるのを見付けたのは、あなたの娘の令奈ちゃん」

「娘が？　本当か」

「それだけじゃないわ」

「というと？」

「兄の上着のポケットにメモが入ってて、そこに、美樹ちゃんの名前が書いてあったって」

「美樹の？　しかし……どういうことだ」

「こっちが訊きたいわ」

希代子の口調が強くなった。「兄はお宅とどういう関係があったの？」

「待ってくれ。私は知らない。以前一度確かに会ったが、それきりだ。娘たちだって、君の兄さんと知り合う機会はなかっただろう」

「じゃ、どうして美樹ちゃんの名前を書いたメモを持ってたの？」

「見当もつかないよ。待ってくれ。今夜、令奈から詳しいことを聞いてみる」

と、須永は言った。「美樹は今、連絡が取れないんだ。本当だよ」

「誰を信じていいか分らないわ……」

「なあ、落ちついてくれ。今は状況が分らない。何か分り次第連絡する。本当だ」

「そうね……。兄のお葬式も出してあげないと……。主人の入院でもお金がかかるし。相手の女が誰か分ったら、請求書回してやるんだけど」

「そんなこと言ってる場合じゃないだろう。ともかく――また会って相談しよう」

「ええ、そうね、でも、ホテルはなしね」

「うん、もちろんだ」

「何が何だか分らない……」

と、希代子が呻《うめ》くように言って――切れた。

「どうなってるんだ？」

須永は呟《つぶや》いた。

そのとき、足音が教会の中に響いて、振り向いた須永は目を見開いた。

「――お前か」

大崎裕次が立っていたのである。

「久しぶりだな、教会に入るのは」

と、裕次は言って、「十字は切りませんよ。もう信じちゃいませんからね」

「お前……。美樹はどこだ！」

「こっちが訊きたいことでね」

それにしても、裕次の様子はまるで違っていた。

「今の電話は誰からです？」

「え？　ああ……。信者の奥さんだ。それより――奥へ入ろう」

須永は裕次を促した。


吐く息が白い。

ハッ、ハッと時計が秒を刻むように規則的に呼吸をする。

土手の道でのランニング。――香は、今朝も同じ道を走っていた。

もうすぐ。――もう少しだわ。

つい、ペースが上ってしまう。

いけない、いけない。怪しまれたら大変だ。

父の、要塞《ようさい》のような邸宅に移った香だが、父が敵対している小林伸介の息子、志郎との恋は諦《あきら》めたくない。

父の館《やかた》にいる限り、必ずボディガードという見張りが付いている。

もちろん、父がどう言おうと、香は行きたい所があれば出かけて行く。しかし、彼女を守るためのボディガードを拒むことはできない。

会えない、となると何が何でも会いたくなるのが恋というものだ。

香は考えた。

父に承知させた、この毎朝のランニング。このときに会うしかない。

といっても、今、土手の上の道を走っていても、左手下の道を、車がずっと並んで走っている。香を守る男たち二人が乗っているのだ。

香のアイデアとは――土手の道は、土手の一番高い位置にある。そこから右側へは、斜面になっていて、川の流れへと続く。

ボディガードは土手の下の道にいるから、反対側の斜面は見えない。

ほぼ半分来た辺りで、川へと下る斜面に、志郎が腰をおろしていた。

香は足を緩めて、立ち止った。

下の道の車も停って、窓からボディガードが顔を出した。

「お嬢様！　どうかしましたか？」

と、下から声をかけてくるので、

「何ともないわ！　ちょうど半分だから、ひと休みするの。そこにいて」

と、香は言った。

「承知しました！」

香は、荒く息をしながら、さりげなく川の方へ向いた。

「――大丈夫か」

と、志郎がそっと言った。

「ええ。ごめんなさいね、こんな風にしか会えなくて」

道の方へ背を向けて、香は言った。

小声で話すしかない。

「どうなってるか、聞いてる？」

「いや、僕の方も、親父が何も言おうとしないんだ」

と、志郎は言った。

「どうやって出て来たの？」

「早朝練習と言って。――こっちも、ボディガードを付けるって言われたけど、みっともないからやめてくれって怒ってやった」

「ああ……」

と、香はため息をついた。「こんなに近くにいるのに、手も握れないなんて！」

「そうだなあ……」

香は少しの間、黙っていたが、

「──もう行くわ」

「うん。また明日」

「ええ」

と肯《うなず》いた香は、「私、考えるわ」

「何を？」

「こんなこと、耐えられない！　あなたとずっと一緒にいたい」

「そりゃ僕だって──」

「任せて」

と、香は言った。「必ず、いい方法を考えるから」

そして、反対側の車の方へ、

「行くわよ！」

と、声をかけ、土手の道を軽快に走り出した。

「恋をしてる？」

と、大崎康は顔を上げて、「香がか」

「はい」

と肯いたのは、秘書の桑田エレン。

「香が……。そうか」

と、大崎は大きなソファにゆったりと身をもたせかけると、「確かに、恋をしてもおかしくない年ごろだ。しかし——確かなのか？」

「もちろんご本人に訊いてはいませんが、間違いありません。女ですから分ります」

「相手が誰か、分ってるのか」

「いえ、まだです。でも調べます」

「頼むぞ。香は裕次と違って、何にでも真剣になる奴だからな」

「おっしゃる通りです」

と、エレンは肯いて、「それだけに心配です。当分、好きな人に会えないのですから」

「うむ……」

大崎は、ちょっと困ったように、「しかし、今はどうしようもない。好き勝手に出歩かせるのは、あまりに危険すぎる」

「何かの形で、私たちに知られることなく相手と連絡ができるような道を残しておくのが賢明でしょう」

「そうだな」

大崎は微笑んで、「さすがだ。やはり女の気持は女が一番よく分る」

「からかっておいでですか？」

と、エレンは微笑んだ。

ソファに寛《くつろ》いでいた大崎は、立ったまま報告しているエレンへ、

「そばへ来い」

と促した。

エレンがソファに並んで座ると、大崎は彼女の肩を抱いて、

「この争いが終ったら、はっきりさせよう」

と言った。

「無理をなさらないで下さい」

「少しは無理しないと、何ごとも決らない。違うか？」

「それはそうですが……」

大崎が抱き寄せると、エレンは逆らわなかったが、「香さんが、私に、お父さんとどういう仲なのか、と……」

「あいつがそう言ったのか」

「もう大人なんですよ、香さんは」

「うん。――その点、裕次の方が、わがままな子供かもしれん」

「ですが……」

と、エレンが口ごもる。

「——何だ？」

「あなたに万一のことがあれば、裕次さんが……」

「そんなことを心配しているのか」

「だって、あなたがおっしゃったんですよ。『何が起るか分らない』って」

「そうだったな」

と、大崎は肯いて、「しかし、大丈夫。俺は死なない」

「ええ、絶対に死なないで下さいね」

エレンはそっと大崎にキスした。


「お前がそんな家の人間だったとはな」

と、須永は言った。「しかも、神を捨てて行きおって」

「やめて下さいよ」

と、裕次は笑って、「人のことを言える立場ですか。信者の人妻とよろしくやってるくせに」

「大きなお世話だ」

と、須永は渋い顔をして、「少なくとも、俺は暴力とは縁がない」

「ああ、それはいい」

と、裕次は首を振って、「問題は美樹ですよ」

「どこにいるか、俺は知らん」

「捜して下さい。何でも心当りはすべて当って」

「しかし……」

「今は、根本加代子って娘と一緒のようです」

「誰だ、それは?」

「よく分りませんが……」

裕次は、加代子の父親が入院している病院へも行ってみたが、結局むだ足に終った。

だが、万一のときのために、手下を一人、病院に置いて来ていた。

「美樹のことは分ってるだろう」

と、須永が言いかけたとき、

「あなた。ここにいたの」

と、緑子がやって来て、裕次を見ると真青になって立ちすくんだ。

「奥さん、どうも……」

と、裕次は平然と言った。

「あんた……何しに来たの……」

緑子の声は震えていた。

「話しに来たんですよ。美樹のことでね」

「おい、お前は家に戻ってろ」

と、須永は妻に言った。

「あなた……。裕次は私をひどい目にあわせたのよ」

「分ってる。しかし、済んだことは仕方ないだろう。ともかく、今はこいつと話があるんだ」

「そう……。分ったわ」

緑子は何とか真直ぐに裕次を見つめて、「こんな男に娘がついて行ったのかと思うと、情けないわね」

と言うと、出て行った。

緑子の、精一杯の抵抗だった。

「——お前も、美樹のことは分ってるだろう」

と、須永が話を続けた。「気紛れで、先のことなど考えないで行動する奴だ。俺だって、どこにいるのか、見当もつかん」

「困ったもんですね」

「お前が駆け落ちしたんだ。後のことは責任を持て」

「しかし、うちの親父の関係で、暴力沙汰《ざた》になったとき、もし美樹の名が出たら、あなたも、牧師としてまずいんじゃないですか？」

須永は苦虫をかみつぶしたような顔になって、

「どうしろと言うんだ？」

「美樹も、妹のことは可愛がってる。そうでしょ？」

「令奈がどうかしたのか」

「令奈ちゃんが、どうにかなったと聞いたら、きっと美樹も現われると思うんです」

須永は当惑して、

「令奈が――どうにかなる、ってのはどういう意味だ？」

「ですから、令奈ちゃんが襲われる、とかですね」

「何だと？」

「本当に襲われなくてもいいんです。そういうニュースが流れたら、ってことですよ」

裕次は口もとに笑みを浮かべて、「ちょっと思い切った方法を取らないと。時間がないんですよ」

と言った……。

12　招かれざる客

「今日は邪魔をしないでね」

いつものことで、母、幸代の言葉を、文乃は、

「はいはい」

と、聞き流していた。

全くね。――いつも、「これが私の人生の総決算」なんて言っておいて、いつの間にか次の仕事を引き受けている。

まあ、描き続けているから、いつまでも元気でいるのだろう。元気という点では、文乃の方がよほど疲れている。

「誰も私のことなんか知っちゃいないのよね」

と、愚痴を言っても、聞いている人間はいない。「そりゃ、私は巨匠の世話係ですからね」

雑誌のインタビューなどが来ても、お茶を出したりする文乃のことを、天本幸代の娘だとは誰も思わない。

「ちょっと、お手伝いさん」

なんて呼ばれるのも年中なので、

「はい、何か？」

と、訂正しないでいる。

後で幸代の娘と分ると、仰天して、

「失礼しました！」

と謝ってくれたりするが、別に嬉《うれ》しくはない。

幸代はK大病院の新しい棟に大壁画を描いて、大いに話題になった。勲章をくれるという話もあったが、幸代はアッサリ断ってしまった。

肩書や家柄といったものに本能的に反発する人なのだ。

「さて、と……」


文乃が居間のソファに落ちつくと、玄関のチャイムが鳴った。

「誰かしら……」

立ち上って、インターホンの映像を見る。

見たことのない男が立っていた。

何だか寒そうにしている。

「どちら様？」

と言うと、

「あの――天本幸代さんのお宅はこちらでしょうか」

と、男は言った。「お目にかかりたいのですが」

「お約束がなければだめですよ」

「お願いします。天本先生に絵を描いていただいた者です、とお伝えいただけないでしょうか」

「絵を描いた？」

「そうです。崖《がけ》の上で」

何だか分らなかったが、ともかく真剣に言っていることは分った。

「お待ち下さい」

と言うと、アトリエへと向う。

「――お母さん」

と、ドアを開ける。

「邪魔しないでと言ったでしょ！」

と叱られた。

「誰か来てるの」

「帰ってもらって。約束はないでしょ」

「うん。ただ、お母さんに描いてもらった、って男の人が。崖の上、とかわけの分んないこと言ってる」

幸代が振り向いて、

「崖の上？　そう言ったの？」

「ええ」

少し考えて、幸代は、

「分ったわ」

と肯《うなず》いた。「入れてあげて。すぐ行くから」

「いいの？　じゃ……」

文乃は居間の方へ戻って、表門のロックを外すと、玄関へ出て行った。

「――え？」

ドアを開けると、男の他に女性が二人立っている。

三人もいたの？

入れないわけにもいかず、三人を居間へと通した。

「母はじきに来ます」

と、文乃が言うと、

「文乃さんですか」

と、女性の一人が言った。「妹から聞きました、こちらの三世代のこと」

「は？」

文乃には一向にピンと来ない。

そこへ、幸代がやって来て、

「いらっしゃい」

と、声をかけた。

男がパッと立ち上って、

「その節はありがとうございました」

と、頭を下げる。

「ああ、あなたね。どうやら死ななくてすんだらしいわね」

と、幸代は言った。

「あの――」

と、言いかけた女性へ、

「あなたはたぶん須永美樹さんね」

と、幸代が言った。

「ええ……。どうして分ったんですか？」

と、美樹が目を丸くしている。

「孫から色々聞いているもの。孫の話とイメージがぴったり」

「そうですか……」

「すると、もう一人の方は、根本さんっていったかしら？」

「根本加代子です」

と立ち上って、「突然お邪魔してすみません」

「本当に邪魔なの」

と、幸代は言った。「一旦《いったん》創作にかかると、地震や雷でもアトリエから出て来ないいっていうくらい集中しているのよ」

「すみません」

と、美樹が言った。「でも、あれこれ考えて、こちらに来ることしか思い付かなくて」

「冗談じゃない！」

と、やっと文乃が呆《あき》れて、「その男の人は誰かを刺したんでしょ？　それに、有里のお友達のお姉さんだからって、この家に迷惑かけないで下さい！」

「文乃、落ちついて」

と、幸代が穏やかにたしなめて、「お客様に、温いココアでもいれておあげなさい」

「でも――」

「いいから」

そう言われると、仕方ない。文乃は渋々台所へと向った。

「一一〇番してやろうかしら……」

と、文乃はブツブツ言っていたが、幸代の方は、

「色々事情は聞いてるわ」

と、ソファにかけて言った。「ずいぶんややこしいことになっているようね」

「すみません。私、かなりいい加減なんで」

美樹も自分で分っているらしい。

「あなたを捜してる人がいるんでしょ」

「ええ。ちょっと厄介なんです」

「私も、あの文乃や孫の有里の身に危険が及ぶようでは困るの。分るでしょ？」

「はい。それはもう……」

「そちらのお二人は、恋人同士というわけね？」

と言われて、寺井と加代子はいつの間にか握っていた手をあわてて離した。

「お願いです」

と、加代子が言った。「無理を言っていることは分っています。でも、この人は私のためを思って、父を刺したんです。この人を警察へ突き出すことはできません」

「君は関係ない」

と、寺井は加代子に言った。「僕が勝手にやったことだ。君に頼まれたわけでも何でもない」

寺井は幸代に向って、

「僕は寺井徹といいます。あなたの描いてくれた絵を見て、何十年先でもいい、いつかこんな自分になりたいと思いました」

と言って、加代子の手をまた握りしめた。「図々《ずうずう》しいとは思いますが、僕はこの人と、ひと晩過したいんです」

「あなた……」

「それで満足なんです。このまま捕まるんじゃ、心残りだ。この人に、愛してるってことを分ってもらいたいんです」

幸代は微笑んで、

「もう少し早く、人を愛することに目覚めれば良かったのにね」

と言った。「でも、あなたが真剣だということは分ります」

「はあ……」

「とはいえ、ここはホテルじゃありません。泊めてあげたくても、そう部屋は余っていないし……。文乃」

「はい、どうぞ」

と、文乃は仏頂面で、ココアを運んで来た。

「ね、文乃、あなた、今夜ひと晩、この二人に部屋を貸してあげなさい」

「え？」

文乃は啞然《あぜん》として、「私、どこで寝るの？」

「アトリエの長椅子で寝ればいいわ」

と、幸代は言った。「美樹さんはここのソファで」

「はい、どこでも寝ます」

「そんな……」

文乃はため息をついて、「――その代り、明日は出て行ってね」

と言った。

「もちろんです」

寺井はそう言って、加代子の肩を抱いた。

全く、もう……。

文乃としては、とんでもない話としか思えない。しかし、幸代の気紛れに付合わされるのは、珍しいことではなかった。

そこへ、

「ただいま！」

と、有里が帰って来たのである。

「あら、早いのね」

「持っていく物があって。すぐ出直すの」

と、有里は居間を覗《のぞ》いて、「いらっしゃい」

スタスタと行きかけて……。

「——え！」

という叫び声が廊下に響いたのだった……。

13　一触即発

きっかけは思いがけないところにあった。

大崎の身内で、まあ中くらいの兄貴分。仲間内では〈パンチ〉と呼ばれていた。

何だか強そうな名だが、ボクシングとは関係ない。ただ、体が大きいので、どこかボクサーを連想させるところがあったのかもしれないが。

この日、〈パンチ〉は虫歯が痛かった。

いつもついて歩いている弟分に、

「歯医者に行った方がいいですよ」

と言われていたが、

「放《ほ》っときゃ治る！」

と、無茶な強がりを見せていた。

「こんな危いときに、歯医者なんかに行ってられるか！」

もちろん、歯の痛みは一向におさまることなく、段々ひどくなるばかりだったのである。

〈パンチ〉は、弟分を三人連れて、縄張りの盛り場を歩いていた。

しかし、痛みがひどくなるばかりで、さすがに、「歯医者に行かねえと」と思ったのだが――。

「兄貴」

と、弟分の一人が、〈パンチ〉の腕をつついた。

「何だ？」

「奴らですぜ」

通りの向うからやって来る三人組は、大崎と敵対している小林伸介の身内だった。

「こっちの縄張りで何してやがる」

〈パンチ〉は不機嫌なまま、その連中と出くわすことになった。

むろん、向うも〈パンチ〉たちに気付いていた。

「おい、ここは大崎さんの縄張りだ。分ってんだろうな」

と、〈パンチ〉は凄《すご》みをきかせたつもりだったが、何しろ虫歯が痛くて、変に上ずった声になってしまった。

相手は笑って、

「何て言ったんだ？　大崎のとこの奴は、舌っ足らずなのか？」

〈パンチ〉は、上の方から、「勝手にいざこざを起すな」ときつく言われている。

いつもなら、相手のことなど無視して行ってしまうところだが、

「やかましい！」

と、つい怒鳴ってしまった。「とっとと失《う》せろ！」

相手が険悪な表情になって、

「ここはただの道路だぜ。ここを歩いちゃいけねえっていうのか」

「お前らの相手なんかしてられねえ」

〈パンチ〉は目の前の相手の胸を突いた。

「触るな！」

相手の手にナイフがあった。

「兄貴――」

と、弟分が〈パンチ〉をつついたが、もう虫歯は我慢できないほど痛くなっていた。

「どけ！」

〈パンチ〉は拳銃《けんじゅう》を抜いていたのだ。

「やる気か！」

ナイフが〈パンチ〉の腹を狙ってくる。

「危ねえ！」

弟分が〈パンチ〉の前に飛び込んだ。ナイフがもろに腹へ突き刺さった。

血がふき出す。――相手もびっくりして立ちすくんだ。

「やったな！」

自分を守ろうとして刺された弟分が、その場に崩れるように倒れるのを見て、〈パンチ〉は考えもなく、拳銃の引金を引いた。

あまりに間近で、弾丸は相手の腹のど真中に当った。

血が流れ、銃声が響いて、もうどっちも抑えがきかなくなっていた。

白昼の盛り場に、数発の銃声が響き渡って、悲鳴が上る。

「この野郎！」

「殺してやる！」

怒号が飛び交って、周囲では、

「一一〇番しろ！」

「救急車だ！」

という声が上った。

かくて――虫歯のせいで、〈戦闘〉は始まったのである。


大崎康は、少し遅い昼食をとっていた。

いつもなら、昼はろくに食べないのだが、今日は香と一緒だ。

「どうだ、マラソンの方は」

と、大崎は訊《き》いた。「車でついて行くのが大変だと言ってたぞ。そんなに速いのか」

「よしてよ」

と、香は苦笑して、「私なんか。全国大会に出たら、凄いのが大勢いるんだから」

「そんなもんかな。競争相手を二、三人脅しといてやろうか？」

「ちょっと！　冗談にも程があるわ」

香は、ハムをトーストに挟んで食べていた。

そこへ、ドアがいきなり開いて、松山が入って来た。

「おい、ノックぐらいしろ」

と言ったが、大崎もただごとでないのはすぐに分った。

「失礼しました」

松山はチラッと香を見た。

「香、ちょっと出ててくれ」

と、大崎は言った。

「構わないわ。私にだって関係あるでしょ」

と、香が言った。

「社長。――困ったことになりました」

今、「困ったこと」といえば、決っている。

「誰がやった？」

「〈パンチ〉の奴が」

「そうか。それで――」

「〈パンチ〉は撃たれて死亡しました」

香が息を呑《の》んだ。

大崎はコーヒーを飲み干すと、
と訊いた。

「仕度は？」

「いつでも大丈夫です」

と、松山は言った。

「よし、すぐ行く」

松山が足早に出て行くと、大崎は、

「香、聞いた通りだ。しばらくは朝のランニングもなしだ」

「お父さん！　お願い、やめて」

と、香は訴えるように言った。「出入りになったら、あと何人死ぬか分らないでしょ。そんなこと――」

「こうなったら仕方ないんだ」

と、大崎は遮って、「若い連中が黙っちゃいない。もう止められないんだ」

「そんなことないわ！　小林さんと話し合って。お互いに、殺し合うことだけは避けるべきだわ」

「お前の頼みでも、こればっかりはな。一旦《いったん》始まったら、誰にも止められない」

大崎は立ち上って、「もう行く。いいか、この家から出るんじゃないぞ」

「お父さん――」

と、香が言いかけたが、大崎は部屋から勢いよく出て行ってしまった。

「ああ……」

香は両手で顔を覆った。

そして――何か決心したように、ケータイを手にした。

「もしもし？」

「志郎さん、聞いた？」

「ああ、大騒ぎしてるよ。まるで戦争の準備だ」

「私、お父さんに頼んでみたけど、もう話し合ったりする状況じゃないって」

「うん、僕も親父に言ってみたけど。お互い、警察が黙ってないから、損するだけだ、って言ったけど、『意地と面子ってものがあるんだ』とか言って。——時代遅れだよ！」

「ね、志郎さん、聞いて。私、決心したの」

「何を？」

「家を出る。ね、一緒にどこかへ逃げましょう！」

「出るって……。その屋敷から？」

「今なら出られる。みんな、戦いの準備で忙しくしてるわ。うまく目を盗んで出られると思うわ」

「なるほどね。そうかもしれない。こっちも車が出入りしてて、門が開け放してある。どさくさに紛れて出られるかもしれない」

「二人でどこか遠くへ行きましょうよ。殺し合いになんか、係《かかわ》り合いたくないわ」

「よし。じゃ、どうしようか？」

「ともかく、暗くなってからでないと。必要なものだけ持って、暗くなるのを待つわ」

「分った。僕もそうする。あの公園で待ち合せよう」

「ええ。そうしましょう」

香の声は弾んだ。

もう、父のことも、兄のこともどうでもいい。自分のことだけを考えよう。自分と、愛《いと》しい人のことだけを。

「愛してるわ」

と、香は言って、通話を切った。


「まさか――」

と、緑子は顔をしかめて裕次を見ると、「ここへ泊って行かないわよね」

と言った。

裕次はちょっと笑みを浮かべて、

「ご心配なく。ちゃんと一流のホテルを取ってありますよ」

と答えて、紅茶をゆっくりと飲んだ。

須永章二は教会から戻っていなかった。

裕次は先に家の方へやって来ていたのだ。

「あなた、とんでもない家の生れだったのね」

と、緑子は言った。

「どの家に生れるかは、選べませんからね」

「それはそうだけど……」

「この家だって、似たようなもんじゃないですか」

「何ですって？　ここは神の家よ」

「笑わせないで下さいよ。牧師ったって、生身の男だ。あなただって女なんだ。そうでしょ？　あんな店に出入りしてるくらいだ」

「あれは……たまたまよ」

「ごまかしてもだめですよ。――まあ、旦那《だんな》が信者の奥さん相手に遊んでるんじゃ、あなたに同情しないでもないですが」

「同情なんて結構よ」

「美樹から聞いてます。奥さんもずっと辛《つら》かったんですね」

「よしてよ。美樹の言うことなんか、信用しちゃだめよ！」

緑子は語気を強めた。

「おやおや」

と、裕次は苦笑いして、「娘のことを信じてないんですか？」

「あの子は――」

と言いかけて、緑子はちょっとためらうと、「主人が浮気するのは私のせいだって言って……。私が酔って帰ったりすると、冷たい目で見てた」

「女同士だと、そうなるんですかね」

と、裕次は肩をすくめた。「ともかく、美樹を早く見付けたいんですよ」

「一体何があったの？」

「奥さんは知らない方がいいでしょう」

裕次のケータイが鳴った。

「——ああ、どうした？　準備できたのか。——よし、じゃ、すぐに実行しろ。しかし、傷物にするんじゃねえぞ。大事な人質だ」

聞いていた緑子は不安になって、

「——何の話？　人質って、どういうこと？」

と訊いた。

「なに、美樹を捜すのに、ちょっと令奈ちゃんの力を借りるだけですよ」

「令奈を？　令奈は関係ないでしょ！　手を出さないで！」

「言ったでしょ。のんびりしちゃいられないんですよ」

と、裕次が言ったとき、またケータイが鳴った。「——松山か。どうした？」

裕次の顔がこわばった。

「それで？　仕度はできてるのか？」

裕次は深々と息をつくと、「——分った。できるだけ早く帰る。親父を頼むぞ」

と言って、通話を切り、立ち上った。

「どうしたの？」

ただごとでない裕次の様子に、緑子は訊いた。

「始まっちまったようです。戦争がね」

「でも……うちは関係ないわ」

「そうもいきませんよ。美樹の家ですからね、ここは」

「まさか……。ここが狙われるなんてことないわよね」

と、緑子は言った。

「そいつは保証できませんね」

「教会を攻撃するつもり？」

と、甲高い声になる。

「思想上の問題じゃなくて、具体的な弾丸や刃物でね」

と、裕次は愉快そうに、「牧師さんも、説教するときは防弾チョッキでもつけてた方がいいかもしれませんよ」

そして、裕次は足早に出て行った……。

14　逃　走

あわただしく、車や人が出入りしていた。

「香さん」

と、エレンが、香の部屋へ顔を出した。

「何か召し上った方が。ゆっくり食べていられなくなるかもしれません」

「よしてよ」

と、香はベッドに寝そべって、「どうして私が縄張り争いの戦争で、迷惑しなきゃいけないの？」

「仕方ありませんよ。社長が——」

「分ってるわよ」

と、香は遮って、「食事をワゴンにのせて運んで来て。気が向いたときに食べるわ」

と、リモコンでTVのチャンネルを変えた。

「かしこまりました」

エレンがドアを閉める。

香はベッドから出ると、TVの音量を少し上げておいて、そっとドアへ近付き、細く開けた。

廊下に人の姿はない。

エレンは頭がいいし、目ざとい。香の企《たくら》みを、ささいなことで見抜くだろう。

「いつも通り。——いつも通りにするのよ」

と、自分に言い聞かせた。

少しでも、緊張した様子を見せたら、エレンに気付かれるだろう。

といって──実際の「殺し合い」が始まろうというのだから、少しは怖がって見せなくては……。

ともかく、この屋敷を出ることだ。外へ出てしまえば、もう夜だし、女の子一人、どこへ隠れることだってできる。

香はクローゼットを開けた。

奥の方へ押し込んであるボストンバッグを引張り出した。

中身は昼間の内に詰めてある。着替えやレインコートなどだ。

志郎と会えれば、後は二人でどうするか決めればいい。

こんなときなのに、香は怖いよりワクワクする気持が抑えられなかった。

志郎と二人で逃げる。──後で、父がどう騒ごうと知ったことじゃない。

「そうよ！」

殺し合いたい人たちは、勝手に殺し合えばいい。もちろん、父のこと、兄のことだって、心配でないわけじゃない。でも、大人である二人が自分で決めたことは、どうすることもできない。

香は志郎のケータイへかけた。

ケータイに出られる状態かどうか分らなかったが……。

「──もしもし、香、大丈夫か？」

と、志郎の声が聞こえて来て、香は胸が熱くなった。

「うん、大丈夫。予定通りで？」

「今、どのタイミングで出られるか、考えてるんだ」

「私もよ。荷物は作ったけど」

「荷物？　そんなもの持ってたら、ひと目でばれるよ」

「でも……」

「現金さえ持ってれば。ケータイだけポケットに入れて、フラッと出るんだ。後は何でも買えばいい。少しは現金持ってる？」

「いつもカードだから……」

「カードだと、どこにいるか分っちゃうよ。僕は手に入るだけ、現金を持って行く。君ももし手近にあれば。盗むわけじゃないよ。自分の家のお金なんだから」

「そうね。分ったわ。考えてみる」

「うちの連中は、夜中の十二時に一旦《いったん》集まって、作戦を立てるって言ってる。その辺が抜け出す狙い目だね」

「私も、それくらいの見当で。——で、いつもの公園でね」

「ああ、時間が少し遅れても、お互い待ってること。連絡しようがないこともあるだろうしね」

「ええ、分ったわ」

通話を切ると、香はちょっと迷った。

確かに、志郎の言う通り、こんなバッグをさげていたら、怪しまれるだろう。でも――

――やっぱり、女の子にはどうしても必要なものがある。

そう。そのときの状況で、持って出られるようなら、持って行こう。

それより問題は現金だった。――実際、香はまとまった額の現金など使うことがないので、手もとには、せいぜい二、三万円しか持っていない。

必要なときは父に言えばいい。しかし、今度はそうはいかない。

「――困ったな」

と、ベッドに腰かけて、香は呟《つぶや》いた。

令奈は教会の中へ入って行った。

人気がなく、ガランとして静かだ。

令奈ははっきり言って信仰心は持っていない。でも、こういう静かな教会の中は好きだった。

家へ帰るのをためらっていたのは、あの大崎裕次が来ていると知ったからだ。今の裕次は、昔とは別人だった。

歌が上手くて、見た目も端整な裕次を、令奈が憧《あこが》れの思いで見ていたのも当然と言えるだろう。

しかし、裕次は姉の美樹の方にひかれて行き、それももちろん仕方のないことだった。

でも——今の裕次は、令奈から見ても近寄りたくない「危うさ」が感じられた。

それは、以前の裕次にはなかったもの——「力」を誇示するところが、目立っているからだ。そして、そのことを当人が楽しんでいるのだ。

それだけでなく、自分の力が、女をひきつけると思い込んでいることも伝わってくる。

もちろん、そんな裕次に憧れる女性もいるだろう。でも、令奈はゾッとしてしまうのだ。

足音がした。

振り返ると、裕次について来た子分らしい男が教会へ入って来たのだった。

「——お祈りに来たの？」

からかっちゃいけないかな、と思いつつ、つい言ってしまった。

男はニコリともしないで、

「兄貴が呼んでる」

と言った。

「私を？　何の用で？」

「いいから来い」

いつまでもここにはいられない。——令奈は仕方なく、その男について教会を出た。

教会の前に車が停っている。

「乗れ」

「でも——裕次さん、いないじゃない」

「つべこべ言わないで、乗りゃいいんだ」

怒らせると怖そうだ。令奈は車の後ろの座席に乗った。

男がハンドルを握ると、車が教会前の小さな広場をグルッと回って、外の通りへと向った。

「どこに行くの?」

方向から見て、家の方じゃなかったのだ。

「黙ってろ」

フン、愛想がないのね。令奈が窓の外へ目をやると——。

突然、車の前に、横から別の車が飛び出して来た。そして急ブレーキが間に合わず、車体の横にぶつかる。

「キャッ!」

ショックで飛び上りそうになった。

すると、ハンドルを握っていた男が、

「逃げろ!」

と、令奈の方を振り向いて怒鳴った。

「え?」

びっくりして動けなかった。

前を遮った車から、男が数人飛び出して来た。

そして――銃声がした。さらに数発の銃声。

フロントガラスに穴があき、令奈の乗る車を運転していた男が、呻《うめ》き声を上げて倒れる。

「――降りろ！」

ドアを開けて、拳銃《けんじゅう》を持った男が言った。

「誰？」

と、令奈は思わず言った。「どうしてこんな――」

「うるさい！」

銃口が目の前に突き付けられた。「死にたいのか！」

「いいえ」

「黙って外へ出ろ」

逆らうという選択肢はなかった。


あのハンドバッグ。

――香が目をつけたのは、エレンのハンドバッグだった。

もちろん、いつも持ち歩いているわけではないが、秘書として仕事をするためのデスクがあり、そこの一番下の引出しに入っていることは知っていた。

エレンなら、少しは現金を持っているかもしれない……。

「香さん！」

わざと廊下をぶらついていた香へ、エレンがびっくりして声をかけて来た。

「エレンさんは戦闘服を着ないの？」

と、香は、いつものスーツ姿のエレンに言った。

「私の戦闘服はこれです」

と、エレンは言って、「この辺にいると危いです。色々武器を運んでますから」

実際、台車に金属の箱が積まれて、目の前を運ばれて行く。

「凄《すご》いわね。何が入ってるの？　爆弾？」

「それもあるかもしれませんね。ピストルや機関銃や……」

「そんなもの、町中で使うつもり？　普通の人が巻き添えを食ったら、警察も黙っちゃいないでしょう」

「もちろん、使わずにすめば、それに越したことはありません」

と、エレンは言った。「でも、万一、撃ち合いになったら、それなりの武器を携えておきませんと」

それを聞いて、香がちょっと笑った。

「何かおかしかったですか？」

と、エレンが訊《き》く。

「だって——エレンさんの言ってることとって、アメリカとロシアの偉い人たちの言うことと同じだな、と思って。人間って、みんな考えることは大して変らないのね」

エレンは苦笑して、

「皮肉屋ですね、香さんは」

と言って、ケータイが鳴ると、「もしもし。——はい、すぐ手配します」

そして、香へ、

「いいですね。すぐご自分の部屋に」

「大丈夫。マシンガンを抱えて眠ってるわ」

「夕食のワゴンが部屋へ行ってますから——」

そう言いながら、エレンは廊下を駆けて行ってしまった。

香は、素早く左右を見回して、エレンの仕事部屋になっているオフィスへと入って行った。

今は事務仕事どころではないのだろう、中には誰もいない。

ここは女性ばかり十人ほどが働いているから、おそらく危険があるというので、帰したのに違いない。

香は、エレンのデスクの引出しを開けた。——無造作に置かれたハンドバッグ。

「ごめんね」

と、ついひと言謝ってから、香はそのバッグを開けた。

札入れには二十万ほどの現金が入っていた。全部抜き取るのは気がひけて、半分だけ取り出し、ポケットへ入れる。

バッグを引出しへ戻そうとして――。中にキラリと光る物を見付けた。

小型の拳銃だ。――ちょっとためらってから、香はそれをつかんで、もう一方のポケットへと押し込んだ。

部屋へ戻ろうとすると、廊下に、いくつも布袋を積んだ台車が置いたままになっている。

香は急いで部屋へ入ると、自分の物を詰めたボストンバッグを取り出して、廊下の台車の布袋の間へ押し込んだ。

うまくいけば、ここを出て行くときに、持って出られるかもしれない。

部屋には、食事をのせたワゴンが届いていた。

こんなときだから、サンドイッチくらいかと思ったら、ちゃんとステーキやサラダがのっていて、笑ってしまった。

「たぶん、本当の戦争も、こんな日常の中で始まるのよね……」

と呟くと、次はいつ食べられるか分らないのだから、と思って、早速食べることにした……。

ケータイが鳴った。村上刑事からだ。

「——有里君、始まりそうだよ、本格的な争いがね」

「え……」

と言ったきり、有里は黙ってしまった。

「——もしもし？　有里君、聞こえる？」

「聞いてます、ちゃんと」

と、有里はやっと息をついて、「本格的な、って……」

「どうも、今入ってる情報だと、大崎の所と、相手の小林の所と、どっちも武器を大量に用意してるようだ。地元の警察で抑えられるかどうか心配だね」

「じゃ、本当の撃ち合いに？　今どき、そんなこと、あるんですか？」

「万一、そうなったら、一般の人が巻き込まれたり、流れ弾に当ったりするかもしれない。そうなれば、どっちも大変なことになるんだがね」

「そうですね……」

有里としては、自分の家に美樹たちが泊っているのを村上に教えたいのだが、

「今夜一晩は泊めてあげる」

と、幸代が言ってしまったので、黙っているしかない。

村上は、有里がいやに歯切れの悪い言い方をするので、

「有里君、大丈夫かい？」

と、心配してくれたが、「や、ごめん、至急の連絡だ。何かあれば、また知らせるよ」

と言って、切ってしまった。

有里としては、ホッとした一方で、やはり村上に隠していてはまずくないか、という気持もあって、複雑だったが……。

またケータイが鳴って、村上かと思ったが、そうではなかった。

「――ああ、天本さん？」

「はい……」

「須永令奈の母です」

「あ、どうも」

「令奈、お宅に行ってる？」

と、緑子は訊いた。

「え？　いえ、来ていませんけど……」

有里は当惑して、「帰ってないんですか？」

だから電話して来たのだろうが、「連絡もないんですか。おかしいですね」

「そうなの。令奈のケータイにかけても出ないし……」

「でも、令奈は黙って外泊したりしませんよね」

「ええ、そんなことのない子だから。美樹は年中だったけど」

と、緑子が心配そうに、「もし何か分ったら――」

「もちろんご連絡します」

と、有里は言った。「あの——裕次さんって、今、そちらに?」

「いいえ。何だか大急ぎで出て行ったようよ」

出入りがある、という連絡が行ったのだろう。

緑子は、

「それじゃ」

と、切ってしまった。

有里も令奈へかけてみたが、やはりつながらない。

もう夜も遅くなっている。

有里はちょっと迷ったが、部屋を出て、居間へと下りて行った。

美樹がソファでのんびりTVを見ている。

「あら、何かTV見るものあるの?」

と、美樹は言った。

「いえ、そうじゃないんです」

有里は、美樹のそばに座って、「令奈から何か言って来てません?」

「令奈? あの子がどうして?」

と、キョトンとしている。

「連絡つかないみたいなんです。まだ帰ってないそうで」

「あの子が? 私と違って、そう寄り道する子じゃないけどね」

と、美樹は言って、「あ、ケータイが……」

鳴り出したケータイを手にすると、

「令奈だわ。――もしもし？　どこにいるの？」

少し間があって、

「お前の妹は預かってるぜ」

と、男の声が言った。

「――何て言ったの？」

そばにいる有里にも、向うの声は聞こえていた。

「聞かせてやろう」

と、男が言うと、少しして、

「お姉ちゃん？　私……今、縛られてるの」

令奈の声が震えるように伝わって来た。

「一体誰が――」

「いいか」

と、男に戻って、「大崎裕次をおびき出せ」

「何ですって？」

「二十四時間以内にだ。一分でも過ぎたら、この可愛い妹は無事じゃすまない」

「待ってよ、そんな――」

「このケータイへかけて来い。分ったな」

「おびき出すって——どこへ？」

「お前が考えろ。いいか、奴が一人で来るようにするんだ」

「令奈に手を出さないで！」

「二十四時間は待ってやる」

男は愉快そうに、「二十三時間と五十九分だな」

と言うと、通話を切った。

「美樹さん……」

と、有里は言った。「戦いが始まりそうなんですって。きっと、相手の方の子分ですよ」

「どうしよう……」

美樹はしばし呆然《ぼうぜん》としていた。

「令奈を取り戻すんですよ！」

有里は力をこめて言った。

15　間隙

大きな音が聞こえて、香はハッと息を呑《の》んだ。

もしかして、小林の手の者が攻撃して来たのだろうか？

「やめて……。私がいなくなってからにしてよね！」

と、一人で文句をつけていると、廊下が騒がしい。

しかし、撃ち合いになっているという切迫した様子でもなかった。

ドアを開けて廊下を覗《のぞ》くと、

「あ、香さん」

と、エレンがやって来るところだった。

香はヒヤリとした。エレンのバッグから現金を抜いたことに気付かれていないだろうか？

「びっくりされているかと思って。今の音で」

と、エレンは言った。

「銃声かと思ったわ」

「いえ、そうじゃないんです」

「何だったの？」

「たまたまバスが――。正面の通りの辺りで電柱にぶつかったんですよ」

「へえ！　けが人は？」

「普通のバスでしたけど、ドライバー以外にも、ずいぶんけが人が出てるようです」

「まあ、大変ね」

「事故ですからね。パトカーや救急車が来ますよ」

と、エレンは渋い表情になって、「今夜は向うも仕掛けて来ないかもしれませんね。パトカーがウロウロしていたんじゃ」

「じゃ、ぐっすり眠れるわね」

と、冗談まじりに言って、香は自分でもびっくりした。

私、こんなときにジョークが言えるほど度胸が良かったんだ！

「何かあれば、叩《たた》き起しに来ます」

と言って、エレンは戻って行った。

たぶん彼女は一睡もしなくて平気なのだろう。――ロボットみたいな人だわ、と香は思った。

表から、サイレンがかすかに聞こえて来た。バスの事故で、パトカーと救急車がやって来たのだろう。

一旦《いったん》ドアを閉めてから、再びドアを細く開けて耳を澄ます。

サイレンは次々にいくつも重なって聞こえる。

「――今だわ」

と、香は呟《つぶや》いた。

表は騒ぎになっているだろう。

この混乱の中なら、香がどこを歩いていても目立たないかもしれない。

ともかく、行ってみなければ分らない。

香は急いでコートをはおると、ケータイと現金を入れた小さなバッグを手に部屋を出た。

香の部屋は、建物の奥の方にあるので、玄関まで出て行くのは大変だ。裏口も、警戒は厳重だろう。

「おい！　どうなってる！」

という怒鳴り声がした。

あれは、松山の声だ。

香が廊下の角からそっと覗くと、

「事故でけが人が出たとかで、中で手当させてくれと」

「中へ入れろだと？　だめだ！」

と、松山が言った。

「ですが、相手は警官で……」

松山はさすがに迷った様子だったが、

「社長に訊《き》いてみる。待て」

と、ケータイを取り出した。

大崎康へかけているのだ。

「——どうしましょう」

事情を説明すると、松山は訊いた。「——はあ、分りました。では私が立ち会って」

松山は子分に、

「中へ入れてやれ。しかし、玄関までだ。奥へは入れるな」

「分りました。門を開けます」

「ああ、俺もすぐ行く」

松山が奥へ入って行く。

香は、廊下を駆けて行った。

ドタドタと足音をたてて、子分たちが玄関へ向っている。

誰も香のことなど目にとめない。

「警官が入って来るんだ！　銃はしまっとけ！」

と、声が飛ぶ。

玄関へは、階段があったり、曲り角があったり、真直ぐには続いていない。敵が入って来ても、中で迷うように造られているのだ。

しかし、香はここに住んでいるのだから、よく分っている。

玄関ホールに、子分たちが集まっていた。

「門を開けろ！」

と、声がした。

鋼鉄の門扉がゆっくりと開くと、救急車が入って来た。

そして、けがをしたドライバーらしい男が運び込まれて来る。

「おい！　入るのはここまでだ！」

と、玄関の上り口に、子分が立ちはだかる。

だが、次々に頭を切ったり、足を引きずったりした乗客が入って来て、すぐに玄関先は人で一杯になってしまった。

――香は、壁ぎわを辿《たど》って、玄関から外へ出た。靴はポケットに押し込んであった。

「勝手に入るな！」

と怒鳴る声。

「こんな所で手当できませんよ！」

「入るなと言ってるんだ！」

松山が顔を真赤にして怒鳴っている。

香は、人があわただしく出入りしているのを抜けて、うまく門の外へと出られた。

「——やった！」

約束の公園へ。——香はほとんど走るようにわが家を後にした。


「どうなってるの？」

と、エレンは玄関へ出て来て啞《あ》然《ぜん》とした。

ホールの床にマットレスを敷いて、何人もけが人が寝かされている。そして、近くの病院から駆けつけて来たという看護師が手当に当っていた。

「早く病院へ運べと言ってるんだが……」

と、松山は汗を拭《ぬぐ》った。

「こんなこと……。まさか、小林方の手じゃないわよね」

と、エレンは言った。

「俺もそれは気になってるんだけど……。だが、けが人は本当にけがしてるしな」

「救急車は？」

「この辺じゃ、そう何台もないらしい。ピストン輸送で、病院へ運んでるようだが」

「用心してよ」

と言って、エレンは、「社長に話して来るわ」

廊下を戻りかけたエレンは、隅に置かれていた台車につまずきそうになった。

「危いわね！」

と、文句を言ったが、何しろのせてあるのは武器の入った布袋だ。

しかし、エレンはふと包みの一つを見て、

「――これは？」

と、手に取った。「軽いわね」

開けてみて、目をみはった。――女性の着替えだ。

「――香さん！」

エレンは駆け出した。

香の部屋へと駆け込む。

「香さん！」

いなくなっていることはすぐ分った。ケータイの充電器がいつもの所にない。


「香が出て行っただと？」

大崎は唖然として、「こんなときに、一体どこへ行ったんだ？」

「分りません。ただ――」

と、エレンがためらう。

「何だ？」

「香さんは恋をしておいでです」

「だからといって……。相手は？」

「そこまでは……。ともかく、この騒ぎにいやけがさして、家出されたのかも」

「しかし、もし小林の手下にでも捕まったら大変だぞ」

「申し訳ありません。私がもっと――」

「今さら言ってどうなる！　玄関前の騒ぎで人が出入りしているからな」

「すぐに捜します」

「頼むぞ。小林の連中に知れないようにしろ」

「かしこまりました」

エレンは大崎の部屋から飛び出した。


吐く息が白い。

香は、志郎と待ち合せた公園へと入って行った。

凍えるような寒さだが、一向に気にならなかった。

出て来てから、あの台車にのせておいたバッグを持たずに来てしまったことに気付いたが、あんなものを持っていたら、見咎《みとが》められていたかもしれない。

「何とかなるわ……」

香は、志郎へメールを送った。

〈待ってる〉

そのひと言で、志郎には分るはずだ。

この公園は屋敷から離れてはいるが、もしいなくなったことが知れたら、ここへ捜しに来るかもしれない。

香は、街灯の明りの届かない植込みのかげにしゃがんで、様子をうかがうことにした。

メールの返事はない。返信できる状況なら、何か言ってくるだろうと思った。

まだ家を出られないのかもしれない。

大崎の屋敷が、事故で開門せざるを得なくなったことが偶然なのだ。小林の家を出てくるのは容易ではないだろう。

さすがにじっとしていると寒さが身にしみる。

「早く来て……」

と、思わず呟いていると、公園の外に車の音がした。

あれか？　顔を出して覗くと、車は公園の前に停ったものの、中から数人の男たちが降りて来た。

そして別の方角からも車がやって来た。

何だろう？　——香は見付からないように、植込みのかげでじっと頭を下げ、息を殺していた。

「おい、他の連中は？」

と、男たちが話しているのが聞こえた。

「他の場所にいるから、すぐには……」

「そうか。俺たち……七人か。どうする？」

香も、父の手下たちなら見覚えがある。おそらく小林の所の男たちだろう。

「本当なのか？　あの大崎の屋敷の門が、開いたままになってるってのは」

「ああ。いつもこづかいをやってる警官が言って来た。バスがすぐ近くで事故を起して、てんやわんやだそうだ」

「チャンスじゃねえか！」

「ああ。ただ、今はまだパトカーがいる。パトカーの目の前でドンパチやるわけにゃいかねえだろ」

「そうか。しかし、いなくなったら門は閉るだろう」

「そこだ。どさくさに紛れて門の中へ入って、どこかに隠れてる。そして、パトカーがいなくなって落ちついたら、こっそり中から門を開けるんだ。中からなら開けるのも簡単だろう」

「そいつはいい考えだな。——よし、ともかく大崎の屋敷の近くまで行ってみよう」

——聞いていて、香は青ざめた。

どうしたらいいだろう？

父親がどうなろうと構わない、という思いで出て来たが、小林の所の男たちに殺されるかと思うと、やはり放っておけない。

そのとき、

「おい！　車が来る」

と、一人の男が言った。

「うちの連中か？」

「違うぜ。小型の白い車だ」

それを聞いて、香はハッとした。――白い小型車。エレンがいつも乗っている車だ。

もしかして、私を捜しに？

もし、エレンが香の家出に気付いたとしたら、この辺りに捜しに来てもおかしくない。

しかし、小林の手下たちがいる！

「おい、その辺に隠れろ！」

と、声がして、男たちがバラバラと駆け出す。

香のいる所までは来ないが、同じように暗がりに身を潜めたらしい。

車の停る音がした。

来ちゃだめ！　――香は叫びたかったが、そうもできず、エレンが他へ行ってしまうのを祈るしかなかった。

当然、車がなぜ停っているか、いぶかしく思っただろう。車を出て、エレンが、

「香さん？」

と呼ぶのが聞こえた。「香さん、いるの？」

そして――隠れていた男たちが一斉に出て行く。

「何よ！　誰なの！」

と、エレンが叫ぶように言った。

もちろん、男たちが小林の手下だということはすぐ分っただろう。

香はそっと植込みから顔を出した。

エレンが男たちに取り囲まれている。

「こいつ、大崎の女だぜ」

と、一人が言った。

「確かか？」

「ああ、いつも大崎にくっついて歩いてる女だ」

「そいつは都合いいや」

と、男たちが笑った。

「あんたたち、小林の所の人間ね」

と、エレンは負けていない。「私に手を出したら、大崎社長が黙ってないわよ」

「強がるんじゃねえ」

バシッと音がして、エレンが顔を殴られてよろけた。香は息を呑んだ。

しかし、エレンは倒れずに踏みとどまると、

「女を殴るのが、あんたたちのやり方なの？」

と、男たちをにらみ返した。

「気の強い女だな」

と、一人が笑って、「おい、俺たちで、この女をいただこうぜ。戦《いくさ》の前の景気づけだ」

エレンが男の一人を突き飛ばして逃げようとしたが、すぐに捕まってしまった。男七人が相手ではどうすることもできない。

「おい！　殺されたいのか！　おとなしくしてねえと――」

そのとき、公園に銃声が響いた。

「畜生！　誰だ！」

男の一人が肩を押えてよろけた。

「動かないで！」

香は拳銃《けんじゅう》を構えた手を一杯に伸しながら、出て行った。「その人を放しなさい！」

男たちは思いがけない出来事に、立ちすくんだ。エレンがすかさず男たちの手を振り切って、香の方へ駆け寄った。

「銃を！」

と、香の手から拳銃を取り上げると、エレンは男たちの足下へ一発発射した。

冷静に考えれば、相手は七人もいる。女二人でかなうわけはないのだが、男たちは思ってもみない成り行きに面食らっているのだ。

「私の車へ走って！」

と、エレンが言った。

迷っている余裕はなかった。香が駆け出すと、エレンもそれに続いた。

「――おい！　逃がすな！」

と、男の一人が、やっと我に返ったように怒鳴る。

エレンは振り向いて、もう一発、男たちへ向けて引金を引いた。

「痛《いて》え！」

脚を撃たれて、一人が倒れる。小型の拳銃で小口径だ。そうひどい傷にはなるまいが、
男たちがあわてて頭を下げる。

香はエレンの車の助手席に飛び込んだ。

エレンは車に乗ってエンジンをかけた。

「待て！」

男たちが、拳銃を抜くのが見えた。

「つかまって！」

と、エレンが叫んだ。

車が一気に飛び出した。

「頭を下げて！」

と、エレンが言った。

銃声がして、男たちが道へ出て来た。

しかし、夜の道だ。エレンの車はスピードを上げ、細い道を走り抜けた。

「エレンさん……」

「屋敷へ戻るわよ」

香も、今さらどうにもならなかった。

志郎はどうしているだろう？　あの公園に、もしやって来たら……。

もちろん、あの男たちは志郎に危害を加えはしないだろうが、でも――もう二度と会えなくなるかもしれない。

香は両手に顔を埋《うず》めた。

「――あそこで何を？」

と、息を弾ませてエレンが訊いた。

「待ち合せてた。好きな人と」

「好きな人？」

「小林志郎さん……」

エレンが、さすがにびっくりして香を見た。

車は、屋敷が見える所まで来ていた。

「――そうだ」

と、香が言った。「あの男たちが言ってたわ」

混乱している間に、門の中へ入り込もうと相談していたことを、香は告げた。

「でも、私に聞かれてたと分ったら、きっと……」

「香さん」

と、エレンは言った。「あなた――本気で小林の息子を愛してるんですか?」

「ええ」

と、香は言った。「何もかも捨てるつもりだった」

エレンの車は、地下の駐車場へと入って行った。

車を停めると、

「私を助けなければ、彼と会えたかもしれないのに」

と、エレンが言った。

「放っておけないわ。私、そこまで冷たくなれない」

「ともかく……ありがとう」

と、エレンは言って、「社長が心配しておいでですよ」

車を降りると、香はエレンの手がやさしく肩に置かれるのを感じた。

16 命の重さ

「え……」

電話で事情を聞いた緑子は、しばし絶句していた。

「大崎裕次さんは、そちらには——」

と、有里が訊《き》こうとすると、

「そんなおかしなこと！」

と、緑子が言った。「裕次が令奈を人質にする、って言ってたのに」

ケータイをスピーカーにしていた有里は、美樹たちと顔を見合せた。

「お母さん！　それってどういう意味？」

と、美樹が言うと、

「美樹？　あんた、どこにいるの？」

「天本さんのお宅。ね、裕次が令奈を人質にするって、どういうこと？」

「裕次が、あんたを見付けるために、令奈を人質にするんだと言ってたの」

「どうして早く言ってくれないの！」

「だって、まさかと思って……。令奈が帰らないんで心配になったけど、話がややこしくなると思って……」

「これ以上、ややこしくならないわよ」

と、美樹は言った。

「じゃあ……。教会のそばの車の中で、男の人が撃たれて死んでたって……。あれがもしかして……」

「令奈を連れて行こうとして、大崎と対立してる小林って一家の人間に撃たれたんでしょうね」

と、有里は言った。「ともかく、令奈は捕われてるんです」

「どうしましょう……。裕次を行かせるんじゃなかった」

緑子の声が震えた。

「ともかく待ってて」

と、美樹が言った。「こっちでどうするか考えるから」

通話を切ると、

「令奈を助けないと」

と、美樹は言った。

「裕次さんは美樹さんに会いたがってるわけでしょ」

と、有里は言った。「美樹さんが裕次さんを呼び出すのは、難しくないわね」

「そう簡単じゃないでしょ」

いつの間にか、幸代が居間の戸口に立っていた。

「お祖母《ばあ》ちゃん……」

「裕次って人は、令奈ちゃんが敵方にさらわれたってことを分ってるでしょう。当然、美樹さんに誘われてもノコノコ出ては来ないわよ」

「あ、そうか」

と、有里は肯《うなず》いて、「そうなると……。でも令奈を見殺しにはできないよ」

「当り前です」

と、幸代は言った。「まだ二十何時間かある。令奈ちゃんがどこにいるか、捜すのよ。

その間に、美樹さんは、裕次と連絡を取って、ともかくどこかで会う手はずを」

「分りました」

と、美樹は肯いた。「関係ない令奈をさらうなんて、ひどい！」

「落ちついて」

と、幸代は言った。「切羽詰ったときほど冷静にならないと」

そこへ、

「――何の会議？」

と、欠伸《あくび》しながら文乃が出て来た。

「ちょうど良かった。文乃、あなた、コーヒー淹《い》れて」

幸代に言われて、

「は？」

と、文乃は目をパチクリさせた。

というわけで――十分後、コーヒーの香りが居間を充《み》たす中、「会議」は続いた。

「元はといえば」

と、幸代が言った。「大崎と小林という二つのグループの争いなわけでしょう」

「そうです」

と、美樹が肯く。「どっちも、今どき時代遅れな〈武闘派〉で。いわゆる〈裏社会〉では浮いた存在らしいです」

「小林の狙いは、大崎裕次を捕えて、『息子を殺すぞ』と脅して大崎を降伏させることでしょうね」

と、幸代は言った。

「私は――正直言って、令奈を助けるためなら、裕次がどうなっても構いません」

と、美樹が言った。「親の家に戻ってから、裕次はもう別人になりました」

「ただね」

と、幸代が言った。「言われた通り、裕次をおびき出して、小林方に渡したとしても、そんな連中が、あなたや令奈ちゃんを返すとは限らないってこと」

「本当だ」

と、有里は言った。「そんな、戦争まがいの闘いをやろうなんて人たちだもの、人一人殺すぐらい、何とも思ってないでしょ」

「ああ……。どうしよう！」

と、美樹が頭を抱える。

ゆっくりとコーヒーを飲んで、幸代が言った。

「大崎と小林は、今にも戦争を始めそうなのね？」

「村上さんの話だとね」

と、有里が言った。

「じゃあ……いっそ、早く戦争が始まって、勝敗がついてしまえば、令奈ちゃんを人質にしておく意味がなくなるかもしれないわね」

「お祖母ちゃん……。でも、そうなったら、何人も死ぬかも」

「自分で死にたがってドンパチやる人たちより、係《かかわ》りのない令奈ちゃん一人の方が大切です」

と、幸代は断言した。

すると、

「──おっしゃる通りです」

と、声がした。

居間の戸口に、寺井徹が立っていたのである。

「まあ、あなた──」

「加代子は、ぐっすり眠っています」

と、寺井は言った。「もう思い残すことはありません」

「でも……」

「今のお話、聞かせていただいてました」

と、寺井は言った。「僕に、お役に立たせて下さい」

「あなたが？」

「僕は、大崎の所から逃げて来た者なんです」

寺井の言葉に、みんな唖然《あぜん》とした。

「小林の息子だと？」

大崎康は、しばし唖然として言葉を失っていた。

香は、じっと椅子にかけて、両手を固く握り合せていた。

香のそばに、エレンが立っている。

香を連れ戻した以上、すべてを打ち明けるしかなかった。が、エレンは、香に命を救われたことも話して、

「香さんは、私を見捨てれば、小林志郎と会えたかもしれないのです」

と付け加えた。

しばらくして、大崎は、大きく息をつくと、

「また……とんでもない奴を好きになったもんだな」

と言った。

「お父さん。お願い。争いをやめることはできないの？」

と、香が言った。

「向うが仕掛けて来たんだ」

「そんなこと……。どっちが先って話じゃないでしょう。お互い、いつ殺し合ってもおかしくないんだもの」

「社長」

と、エレンが言った。「今、門が開いています。もしかすると、その間に中へ忍び込む者がいるかもしれません」

「うん。松山にそう伝えろ」

「言ってあります。もし見付けても、すぐには始末せず、監視しておくように言いました」

「それでいい」

と、大崎は肯いた。

「お父さん……」

香の表情は絶望的だった。

「まあ待て」

と、大崎はしばらく部屋の中を歩き回っていたが、やがて足を止めると、

「香。──本当に小林の息子が好きなのか」

「ええ、心から」

と、香は力をこめて言った。「彼も私を愛してくれてるわ」

大崎はため息をつくと、

「全く、若い奴は何を言い出すか分らん」

と言った。「しかし――確かに、戦争にならずにすめば、お互い、死人を出さないことになる」

「お父さん……」

「お前と小林の息子で、この争いを止めることができるかもしれんな」

「お父さん、本当？」

香の目が輝いた。

「ともかく、やってみる価値はあるだろう」

と、大崎は言った。「小林志郎といったか。そいつと会って、話したい。本当に命がけでお前を愛しているのかどうか、な」

「会ってちょうだい。きっと彼、あの公園で私を待ってる」

「今でもか？」

「待って」

香はケータイで志郎にメールを送った。

〈もうすぐ行くわ。待ってて！〉

すぐに返信が来た。

〈よかった！　ここで何か騒ぎがあったんで、心配してた。待ってるよ！〉

香は、メールの返信を父に見せて、

「ね？　彼は私を待ってる」

「分った。――しかし、お前一人では、また何があるか分らん。エレン、ついて行って、小林志郎に話をしてここへ連れて来い」

「分りました」

エレンは肯いて、「香さん、コートを取って来て下さい」

「ええ、すぐ！」

香が急いで父の部屋を出て行く。

エレンは大崎を見て、

「社長……」

と言いかけた。

「可哀そうだが、世の中はそう甘くない。香の奴にもいい勉強になる」

と、大崎は冷ややかに言った。

「それでは……」

「腕の立つのを四、五人、こっそりついて行かせろ。小林の息子が手に入れば、こっちのものだ」

「でも、香さんには……」

「何も殺すとは言わん。しかし、多少志郎って奴を痛めつける必要はあるな」

エレンはやや青ざめて、

「かしこまりました」

と、一礼した。

「――行きましょう！」

コートをはおった香が、息を弾ませて飛び込んで来た。

エレンは、あの公園の前で車を停めた。

降りようとする香を、

「待って」

と止めて、「あんなことの後ですよ。一人で行かないで」

「でも、彼が待ってる」

「分ってます」

今度はしっかりした造りの大型車だ。

エレンは後ろの座席にいた手下へ、

「ハンドルを握って」

と言った。「エンジンをかけておいて。すぐ車を出せるように」

「分りました」

「香さん、降りましょう」

と、エレンが肯いた。

エレンと香は車を降りた。

香が小走りに公園へと入って行くと、

「志郎さん！」

と呼んだ。「私よ！」

周囲を見回していると、奥の街灯の下から志郎が現われた。

「志郎さん！」

「来たね」

と、志郎は笑顔でやって来たが「その人は？」

と、エレンを見て足を止めた。

「大崎社長の秘書です」

と、エレンは言った。「社長が、ぜひあなたにお目にかかりたいと」

「しかし……」

「志郎さん、私たちの力で、今度の争いを止められるかもしれないの！　力を貸して」

と、香は志郎の方へ歩み寄ろうとした。

そのとき――茂みの中から男が四人、飛び出して来た。

「大崎の娘だ！　連れて行くぞ！」

志郎が愕然《がくぜん》として、

「何してるんだ！　銃を下ろせ！」

「そうはいきませんよ。坊っちゃんのおかげで、大崎の娘を人質にできりゃ、戦いはこっちのもんだ」

「香！　僕は知らなかったんだ！」

と、志郎は叫ぶように言ったが、

「香さんを騙《だま》したんですね」

と、エレンが言った。「香さん、この男はこんな奴なんですよ！」

「違うわ……。志郎さん――」

「さあ、おとなしくしろ」

と、男の一人が銃口をエレンに向けて、「さっきのお返しだ」

銃声がした。しかし、肩を押えてよろけたのは、小林の手下で、

「やっつけろ！」

と、公園へ数人の男たちがバラバラと走り込んで来る。

「エレンさん――」

香は、父の手下たちが銃を発射するのを、息を呑《の》んで見ていた。

「車へ！」

と、エレンが香の腕を取る。

「いや！　志郎さんが――」

「撃たれますよ！」

男たちが撃ち合っているのを後に、香はエレンに車へ押し込まれた。

銃声が入り混った。

車が一気にスピードを上げる。

「エレンさん……」

「もう無理です」

と、エレンが言った。「始まってしまったんですよ」

香は両手に顔を埋めた。


「違うわ！」

と、香は叫ぶように言った。

「しかし、現に、向うは待ち伏せしていたんだぞ」

と、大崎は言った。

「志郎さんも知らなかったのよ」

「どうかな」

大崎はエレンの方を見て、「お前はどう思った？」

「さあ、どっちとも……」

「エレンさん――」

「待って下さい。向うが先に発砲して来たのは事実です」

と、エレンは言った。「でも、小林の息子は本当にびっくりしているように、私には見えました」

香が、エレンを感謝の目で見た。

「だが、もう今となっては同じことだ」

と、大崎は言った。「戦闘は始まってしまった。香は自分の部屋から一歩も出るな。分ったか」

「お父さん……」

「エレン、香の部屋の前に、見張りをつけろ。一秒たりとも目を離すな」

「分りました」

そこへ、松山がやって来た。

「社長」

「どうなってる？」

「事故のけが人は全員運び出されました。門は閉めてあります」

「よし。もう一度、誰か忍び込んでいないか、チェックしろ」

「承知しました」

エレンが香を促して、

「さあ、香さん……」

「お父さん、香さん、もう一度考え直して！」

と、香は言ったが、

「もう死んだ者もいる。手遅れだ」

大崎は冷ややかに言った。

香は唇をかみしめて、父の部屋から出て行った。


「松山さん！」

正面玄関を出た松山へ、子分の一人が呼びかけた。

「どうした」

「一人、隠れてた奴を見付けました」

「本当か？　どこだ」

「こっちです！」

しっかり閉じられた門と、建物の間の空間は、低い茂みになっている。照明の届かない辺りに、男が後ろ手に手錠をかけられて、子分の一人に捕まっていた。

「こいつか」

松山は苦笑して、「小林の所の顔役だぜ」

「ここでばらしちまいますか？」

「いや、何か情報を聞き出せるだろう。連れて行け。俺も後から行く」

「分りました。——来るんだ！」

子分二人が、その男を両側から腕を取って連れて行く。

松山はその後ろ姿を見ていたが――。上着の下から拳銃《けんじゅう》を抜くと、続けて二発、引金を引いた。

消音器を付けてあり、ほとんど周囲には分らなかった。銃弾は、二人の大崎の子分の命を奪っていた。

「おい」

と、松山は手錠をかけられた男へ、「用心してくれよ。この二人の死体を隠さなくちゃならない」

「すまねえ。アレルギーでな、ついクシャミが出たのさ」

「待て」

手錠を外してやると、「例のものは？」

「とっさに、茂みの奥に隠した。かなり強力な爆弾だ」

「よし。今はその辺りに子分たちがウロウロしてる。――様子を見て連絡するから、その爆弾を社長の部屋のそばに仕掛けるんだ」

「もらった中の地図は間違いないだろうな」

「ああ。うまくやれよ。――死体を、ともかく茂みの中へ隠そう」

「分った」

松山は、子分二人の死体を隠すと、何食わぬ顔で、玄関へと戻って行った……。

香はベッドに横になっていた。

もう、どうすることもできない。

ケータイは取り上げられていたし、部屋の電話も通じない。

「どうなるの……」

と呟《つぶや》いてみたところで、誰も聞いてはいないのだ。

もう——二度と志郎に会えないのだろうか……。

ドアが開いて、エレンが入って来た。

「——何かあったの？」

と起き上る。

「まだです」

と、エレンは言った。「でも、もうじき、あちこちで殺し合いが始まるでしょう」

「ひどい話ね」

と、香は言った。「でも、もうどうしようも……」

「香さん」

と、エレンは言った。「危険なことですが、この争いを止める気はありますか」

「エレンさん……」

香は目を見開いて、「でも——」

「社長に逆らうのは、本当は辛《つら》いんです」

と、エレンは目を伏せて、「でも、このままでは、社長は間違いなく重い罪に問われる。いえ、それでも生きていればまだいいけど、死ぬかもしれません」

「ええ……」

「社長も、今は何も見えなくなっているんです。戦いの中に飛び込んで行くのが、自分の使命だと思ってらっしゃる。でも、きっと後になれば後悔します」

「エレンさん。――私に何かできることがある?」

「ここの見張りを、何とかします。抜け出して、もう一度、小林志郎さんと会えるように、努力してみます」

「お願いよ! 私、何でもするわ!」

「しっ、廊下の子分に悟られないように」

と、エレンは言った。「――少し待っていて下さい。どうにかして外へ出られないか調べて、見通しがついたら、もう一度来ますから」

「待ってるわ!」

香は自分の中に、また生きる希望が湧き上って来るのを感じていた……。

17　犠牲

「もしもし」

「美樹か」

「裕次。どこにいるの?」

「今さら、そんなこと訊《き》いても、どうしようもないだろ」

「そうはいかないわ。令奈が捕まってるのよ!」

「分ってる。しかし、俺にゃどうにもできない」

「私は妹を助けなきゃならないわ」

と、美樹は力強く言った。「あなたは私を捜してるんでしょ」

「ああ。しかし、もう戦いは始まる。お前が何を言ったって——」

「そうかしら? 私の知ってることを、あなたのお父さんに話せば?」

少しの間、裕次は黙っていたが、

「——二人で会おう」

と言った。「話はそのときだ」

「いいわ。教会の中で。どう？」

「そいつは面白いかもしれねえな」

「じゃ、三十分後に」

「よし、分った。だが、一人で来いよ」

「そっちこそ。一人で来られる？」

「俺を馬鹿にするのか」

と、裕次がムッとしたように、「一人で行くとも」

「待ってるわ」

美樹は通話を切った。

そして——美樹は天本家の居間を見回した。

「美樹さん」

と、有里が言った。「本当に一人で行くつもりですか」

「令奈のためよ」

と肯《うなず》いて、「でも、外で待っていて。もし私が死んだら……」

「それじゃ、令奈ちゃんを救うことにならないわ」

「私のせいで、こんなことになったんですもの」

と、美樹はちょっと笑みを浮かべて、「本当に役立たずね、私って」

「僕がついて行きます」

と、寺井が言った。「裕次さんは僕のことも知っていますし」

「いいえ」

と、幸代が言った。「あなたには別の役割があります」

「お祖母《ばあ》ちゃん、何を考えてるの？」

と、有里がふしぎそうに言った。

「黙って、私の言う通りにしなさい」

と、幸代は言った。

「で、私は？」

と、文乃がため息をついて、「さぞ私にも、大きな出番があるんでしょうね」

「お母さん……」

「みんな、勝手なことばっかり言って！　一体、お母さんも有里も、いつから秘密情報部員になったの？　撃ち合いだの殺し合いだの、どうしてそんなことが好きなの？　うちはマフィアでも清水次郎長《しみずのじろちよう》一家でもないんです！　ごく普通の家庭なの！　それなのに、弾丸の飛び交う中へ飛び込んで行こうっていうのね？　それならこの私を殺してから行きなさい！」

文乃は一気に言い終えると、大きく息をついた。

誰もが黙っていた。――有里には、母親の気持が理解できた。

「お母さん」

と、有里は文乃の肩に手を置いて、「ごめんね、私たちが無鉄砲で。でも、仕方ないよ。うちはそういう家なんだもの。困ってる人がいたら放《ほ》っとけないっていう……」

「ただ困ってる人じゃないでしょ」

と、文乃は言った。

「そうねえ」

と、幸代は顎《あご》をなでながら、「文乃を計画の中に入れてなかったわ。これは不公平ってもんだわね」

「入れていただかなくて結構」

「そうむくれないの。それじゃあ……。そうね。私の代りに、天本家代表として、大崎って男に会いに行ってくれる？」

文乃は目を丸くして幸代を見たが、すぐに笑い出して、

「冗談やめてよ」

と言った。「私は家庭的な人間なの。この家の台所が、私の居場所。お母さんはどこへでも、好きな所へ行けばいいわ」

しかし、幸代の方は、文乃の言葉をまるで聞いていないかのように、

「うん。文乃の方がこういう役には向いてるかもしれないわ」

と肯いている。「文乃、心配しないで。後のことは任せてちょうだい」

「後のこと、って何よ」

と、文乃が目をむいて、「私が死んだ後のこと？　冗談じゃないわよ！」

と、かみつきそうな声を出した……。


「美樹……」

母、緑子が教会の前で待っていた。

「お母さん。寒いでしょ、こんな所で」

と、美樹は言った。「私一人で裕次と会うから。令奈は必ず取り戻すから、心配しないで」

「でも、あんた……」

「夜になると冷えるね、さすがに」

と、美樹は首をすぼめて、「さ、もう行って。私一人でないと、裕次が姿を現わさないから」

「美樹……。気を付けてね」

緑子は、美樹を両腕で抱きしめた。美樹はちょっとびっくりして、

「お母さん……。そんなこと、してくれたことなかったじゃない」

と、少し照れたように、「外国映画みたいだね」

「美樹。――令奈もあんたも、大切な娘だからね」

「うん……。ありがとう」

緑子は周囲へ目をやって、

「裕次、もし聞いてるなら……。犠牲にする人間が欲しいのなら、私を殺しなさい！」

と、呼びかけるように言った。

「お母さん。もう行って」

美樹は母親の背中を押して、一人になると教会の中へと入って行った。

明りを点《つ》けて、ガランとした教会の中を進んで行く。

すると——。

「泣かせるな」

と、声がして、いつの間にか裕次が立っていた。

「裕次……」

美樹は真直ぐに向い合うと、「令奈を巻き込むなんて、ひどいじゃないの」

と言った。

「おい、待てよ。令奈をさらってったのは、小林の所の連中だぜ」

「でも、あなたが令奈を利用しようとしなければ、こんなことにはならなかった」

「済んじまったことだ。今さらやり合っても仕方ない」

と、裕次は肩をすくめて、「俺は急いで戻らなきゃならないんだ。知ってるだろ。いよいよ始まった」

「死にたい人たちには、勝手にやらせておけばいいわ」

と、美樹は言い返して、「でも、令奈は取り戻す」

「どうするんだ？　俺を小林の所へ突き出すか。向うはそう言って来てるんだろ」

「ええ」

「しかし、俺はごめんだ。ノコノコ殺されに行くつもりはないぜ」

「でしょうね。代りに私が行く？」

「お前は俺の女房だ。好きにはさせない」

と、裕次は言った。「俺と一緒に、親父の所へ帰ろう」

「その途中で、誰かに襲われて、たまたま私だけが死ぬってこと？」

「何を言ってるんだ」

「裕次。——私は聞いてるのよ。だから怖くなって逃げ出した。あなたが私を無事に連れて帰るわけがない」

「一体何を聞いたって言うんだ？　お前にゃ何も分ってないのに」

「いいえ」

と、美樹は首を振って、「あれはジョークでも何でもなかったわ」

「美樹。——たとえお前が何を言おうと、誰も信じない」

「言ってみないと分らないでしょ」

「親父は、お前より俺の方を信じるさ」

「放っておいても良かった。でも、令奈の命がかかってるわ。見殺しにするわけにはいかない」

　と、美樹は言って、「小林の所へ行って、令奈を取り戻して。あなたが行けば大丈夫でしょ」

「美樹――」

「だってあなたは、父親を裏切って、小林の側につくつもりでしょう。あなたが、おそらく小林とケータイで話しているのを聞いてしまったのよ」

「いいか」

　と、裕次は言った。「お前は分ってない。確かに、俺は小林と色々話し合った。それは事実だ」

「認めるのね」

「まあ待て。お前は誤解してる。俺は何も親父を殺して、トップの座につきたいわけじゃない。いいか、親父は昔気質《かたぎ》の人間だ。もうかると分ってることにも、手を出さない。もったいない話さ。だから俺は親父を説得したいんだ。小林と力を合せれば、怖いものなしだ」

「お義父《とう》さんは承知しないわ」

「だからこそ、俺には値打があるんだ」

「だったら――令奈を取り戻すために、小林の所へ行って」

「しかし、これは賭《か》けだからな。小林が本当に俺の話にのってくるかどうかだ」

「やってみて。そして令奈を取り戻してちょうだい。必要なら私が代りに人質になると言って」

「しかし――」

と、裕次が言いかけたとき、ケータイが鳴った。「――俺だ。これから帰るからな」

「裕次――」

「分った。用心しろよ」

と言って切ると、「どうする？」

「どうする、って言われても……。私は、令奈を助けられるようにするだけよ」

「じゃ、俺と一緒に来ないのか？」

「裕次、お願いよ。あなただって、一度は私のことを愛してたんでしょ。私が命がけで妹を救うのを、手伝ってちょうだい」

「間違えるなよ。俺は今だってお前を愛してるぜ」

「いいえ」

と、美樹は首を振って、「あなたは変ってしまった。私を愛してるんじゃない。あなたの言いなりになる女を愛してるだけよ」

「妙な理屈を言うようになったな」

と、裕次は笑って、「牧師の父親の血を引いたのか？」

教会へ入って来た男がいる。裕次は振り向いて、

「おい、この女を車へ押し込んどけ」

と言った。

しかし——その男はフラッとよろけると、バッタリ倒れてしまったのだ。

「どうした？」

裕次が目を丸くしていると、その後から入って来た男が、

「死んじゃいませんよ」

と言った。「気絶してるだけです」

裕次が唖然《あぜん》として、

「お前……。寺井じゃねえか」

「どうも」

と、寺井は会釈した。

「お前……生きてたのか？」

「死んだふりをして、やり過しました」

「やり過したって……。どういうことだ？」

「今、話してたこと、本気ですか」

「何だと？」

「小林と手を組んで？　——甘いですね、裕次さん。小林にのせられてるだけですよ」

「お前に何が分る！　大体どうしてお前がこんな所に——」

「ふしぎなご縁でしてね」

と、寺井は言った。「遅ればせながら、生きることの大切さを教えてもらったんです」

「何の話か分らないぜ」

「逃げ出したんです、怖くなって」

と、寺井は言った。「ある男から、『小林の側について、社長をやっちまおう』と、仲間になれと持ちかけられて」

「親父を？」

「とても、そんなことはできないと思いましたが、いやだと言えば殺されるでしょう。だから一旦《いったん》は仲間になると言っておいて、逃げ出したんです。自分はこんな汚ない世界にいるのかといやになって」

「そいつが……」

「追われて、殺されそうになりました。でも、危うく難を逃れて、さまよってたんです」

と、寺井は淡々と言った。「裕次さん、小林はそいつを使って、社長を殺させるつもりですよ。あなたに話を持ちかけたのは、ただ油断させるためです。お願いです。令奈さんという子を助けてあげて下さい。あなたなら、小林に騙《だま》されてるふりをして、令奈さんの居場所を突き止めることもできる」

「待て！　親父を殺そうとしてるってのは誰なんだ？」

寺井はアッサリと言った。

「松山です」

「──何だと？」

美樹もびっくりして、

「お義父さんの腹心じゃないの」

「本当なのか？　お前──」

「確かめるためにも、松山を見張らせてはどうですか？」

「──分った」

裕次はケータイを取り出して、発信した。

「──もしもし？　──親父、俺だ。──うん、聞いてる。すぐ帰るけど、今、どこに……」

と言いかけたとたん、耳をつんざくような爆発音が聞こえて、通話が切れた。

「──何だ、今の？」

裕次が青ざめた。「親父の身に……」

「落ちついて下さい」

と、寺井が言った。「他の誰かに。あのエレンさんに連絡を」

しかし、裕次は聞いていなかった。

「畜生！　親父！」

と叫ぶなり、教会から飛び出して行ったのである。

「ここはいい」

と、松山が言った。「俺が見てるから、お前たちは庭の方へ回れ」

「分りました!」

若い者数人は、松山の言葉を疑うことなど考えもしないで、一斉に駆け出して行った。

「畜生……」

松山はそっと汗を拭《ぬぐ》った。

いざとなると、子分たちの目を避けて動くことがなかなか難しかったのだ。

機会は少ししかない。

松山は左右を見回して、

「おい、出て来い」

と、呼んだ。

布袋を積んだ台車のかげに小さくなって身を潜めていた男が、やっと這《は》い出して来て、

「一生このままかと思ったぜ」

と、文句を言いつつ、立ち上った。「いてて……」

「我慢しろ。おい、ついて来い。社長の部屋は、このすぐ奥だ」

「分った」

と、男は小ぶりな紙包みを手に、松山について行く。

「いいか」

と、松山は言った。「社長の部屋のドアは、普通に見えるが、中には分厚い鉄板が入っているから、外で爆発させても社長を殺せない。俺が社長を呼び出して、ドアの所まで連れて来るから、そのとき、爆発させろ」

「いいけど……。お前はどうするんだ？」

「俺は部屋の中へ入って、ドアを背にする。それよりお前は——」

「お前の社長と心中するつもりはないぜ」

と、男は言った。「廊下じゃだめだ。俺が逃げられない」

「そうか。それじゃ——」

「部屋の中で爆発させるんだ。ドアが閉っていれば、中にいる人間は必ず死ぬ」

「つまり、社長一人が中に残っていればいいんだな」

と、松山は言った。「それをどうやって持ち込むかだ」

「中へ入れるのはお前だ。俺がセットするから、持って入れ。どこかへ置いて出て来ればいい」

「おい、待て。セットして何秒で爆発するんだ？」

松山は、そう訊いて、「俺も一緒に、なんて考えるなよ」

「ちっとは信用しろ。セットして三十秒だ」

「三十秒か……」

どれくらいの長さか、よく分らない。あまりあわてて逃げ出したら、大崎がおかしいと思うだろう。

といって、中でのんびりしているような度胸はない。

「よし」

松山は肯いて言った。「社長を殴るかどうかして、気絶させる。そして部屋を出て来る」

「それがいい。どうせ殺すんだ、しっかりやっつけろ」

「ここが社長の部屋だ」

と、松山は足を止めた。

「いいか、セットするぞ」

「待て！　もし社長がいなかったら——」

松山は、ドアのそばのボタンを押した。

「松山か、入れ」

と、大崎の声がした。

「よし」

男が包みの端を破ると、中のボタンを押した。

「三十秒だ」

「分った」

松山は包みを受け取ると、ドアを開けて中に入った。

「どんな様子だ？」

と、大崎は大きなデスクの向うに座っていたが、松山が入って行くと立ち上った。

松山は心臓が高鳴って、その音が大崎に聞こえるんじゃないかと心配になった。

「今のところは静かです。接近する車があれば、問答無用で弾丸を食らわします」

五秒……十秒か？　もっとたってるか？

松山は首筋や額に汗がふき出るのを感じた。

俺は小心者だったんだ……。

大崎をやっつける？　そんなことができるか？

三十秒だ！　早くここを出ないと――。

「どうした、顔色が悪いぞ」

と、大崎が言った。

そのとき、大崎のケータイが鳴った。

「社長――」

「待て。裕次からだ」

大崎はケータイに出ると、松山へ背を向けて、話し始めた。

今だ！　――松山は包みを床の隅の方へ放り投げた。

そして、ケータイで話している大崎の背中を見ながら、廊下へ出た。

「おい、まだ十五秒あるぞ」

と、男が言った。

「そうか。今ケータイで話してるんだ」

松山はドアを閉めて、「よし、離れよう」

と、男を促して、足早に歩き出した。

そのとき――ドアが開いて大崎が顔を出したのである。松山はギョッとして振り向いた。

「おい、松山、ちょっと待て」

大崎はそう呼び止めると、ケータイで話しながら、廊下へ出て来た。「――おい、裕次、すぐこっちへ来られるのか？　――なに？」

その瞬間、爆発が起った。

ドアは半ば開いていた。爆発の炎は廊下へと噴き出して来た。

大崎は床に叩《たた》きつけられるように倒れたが、ドアのかげになって、直接炎にはさらされなかった。

むしろ、廊下の少し先にいた松山たちへと、炎が壁に沿って走った。松山は仰向《あおむ》けに倒れて、左腕に焼けるような痛みを覚えた。

「畜生！」

しくじった！　何てことだ！

松山の目に、大崎がうつ伏せに倒れているのが見えた。黒煙が廊下に溢《あふ》れ出てくる。爆弾を持って来た男は、火傷を負って、よろけながら逃げ出していた。

松山は何とか起き上った。すぐに人がやって来る。

「松山……」

大崎は衝撃で立ち上れずにいた。

「社長……」

「どこだ……。手を貸してくれ……」

松山は、大崎には何が起ったのか分っていないのだと気付いた。——そうだ。今なら何が起っても……。

松山は左腕の痛みをこらえて、右手で拳銃《けんじゆう》を抜いた。今なら大崎をやっつけても、誰がやったか分るまい。

松山は大崎の方へと歩み寄った。黒煙が立ちこめて、よく見えない。

大崎は、うつ伏せに倒れたままだった。やっと顔を上げたが、煙で何も見えていないようだった。

そのとき——煙の奥から走って来る人影があった。

「お父さん！」

娘の香だ。——松山は一瞬ためらった。

すぐ引金を引けば良かった。しかし、松山は混乱していた。娘が見ている。

香は煙にむせながら走って来ると、倒れている父親を見た。

「お父さん！」

父親のそばに座り、香はすぐ前に立っている松山を見た。

松山の拳銃は、大崎へとはっきり向けられていたのだ。

「何を――」

と、香が言いかけたとき、

「社長！」

と、香を追って、エレンが駆けて来た。

とっさのことで、松山はエレンに向って発砲していた。エレンは脚を撃たれて、よろけた。

やってしまった。もうごまかせない。

松山は大崎へと銃口を向けて、引金を引いた。

その瞬間、香はうつ伏せになった父親の上に身を投げ出していた。

エレンが足を引きずりながら、松山に向って飛びかかった。

18 生命の闘い

「香……。香……」

と、くり返し呟《つぶや》いた。

そして、大崎の手は、娘の香の手をしっかりと握っていた。

「香……。死ぬなよ……。頼む、死ぬな」

大崎の体にも、火傷やすり傷があちこちにあったが、今は何も感じないようだった。

救急車はサイレンを鳴らしながら夜の町を駆け抜けて行く。

香はうつ伏せに寝かされ、顔を父親の方へ向けていた。しかし、その目は閉じられたままだ。

「もうじきですよ」

と、救急隊員が言った。「五分はかからないでしょう」

「どうも……。よろしくお願いします……」

大崎は、いつもなら、「もっと急げ!」とでも怒鳴りつけそうなのに、今は弱々しい声で、そう言うばかりだった。

松山の放った銃弾は、父親の上に覆いかぶさった香の背中に食い込んでいた。

意識を失っている香に、大崎は付き添って来たのである。

救急車がやって来たとき、子分たちは、

「社長！　病院へ行くのは危いです！」

と止めた。

しかし、大崎は救急車に乗り込み、じっと香の手を握っていた。

救急車を追って、子分たちが車を走らせていた。

他にも、もう一台の救急車が、脚を撃たれたエレンを同じ病院へと運んでいる。

「――着きます」

と、救急隊員が言って、救急車は大学病院の〈救急外来〉入口前に停止した。

後ろの扉が開き、香が降ろされる。

「準備しています」

駆けつけて来た看護師が言った。「急いで中へ」

ストレッチャーで運ばれる香は、かすかに眉《まゆ》を寄せて、呻《うめ》き声を上げた。

「香！　頑張れ！」

と、大崎は声をかけたが、香は何も答えなかった。

「外科の先生が当直ですから」

と、看護師が大崎へ言った。「手術で弾丸を取り出します」

「よろしくお願いします！　どうか——よろしく！」

大崎は深々と頭を下げた。

その間に、もう一台の救急車が着いて、エレンが降ろされて来た。そして、大崎が看護師に頭を下げているのを目にしていたのだ。

「社長……」

大崎はエレンに気付いて、

「お前……大丈夫か」

と、かすれた声で言った。

「大したことはありません」

と、エレンは言って、やって来た看護師に、「その方も、けがや火傷をしています。治療してあげて下さい」

と頼んだ。

「分りました。ご心配なく」

「エレン……。俺は構わない。香が、俺をかばって撃たれた……」

「ええ、分ってます」

「どうしてだ……。俺は香にひどいことをしたのに……」

「運びます」

ストレッチャーがガラガラと病院の中へと運ばれて行く。

大崎はよろけるように、その後について行った。そしてガクッと膝《ひざ》をつくと、その場にうずくまってしまった。

「――誰か来て！　早く！」

居合せた看護師が叫んだ。


誰が見ても分るほど、ガタガタ震えているのは松山だった。

それはそうだろう。――大崎を殺そうとしたことは、とっくにばれている。しかも、大崎を撃とうとして、娘の香を撃ってしまった。

爆弾を持って来た男は、捕まって袋叩《ふくろだた》きにされた。もう生きてはいないだろう。

松山も爆発で火傷を負っていたが、「救急車を呼んでくれ」とは、さすがに言えなかった。

地下の倉庫で、松山は椅子に座っていた。――大崎の子分が十人近くで、松山をにらみつけている。

足音がして、入口から、

「松山はここか！」

と、声がした。

大崎裕次だった。松山を見ると、大股《おおまた》に歩み寄って、

「貴様！」

と言うなり殴りつけた。

松山は椅子から床へ転り落ちた。

「痛い……。裕次さん、俺は……」

「裏切りやがって！」

裕次は子分の一人へ、「拳銃《けんじゅう》を貸せ」

「待って下さい！」

松山があわてて言った。「俺は何も一人でやろうと決めたわけじゃ――」

「じゃ、誰かがお前をたきつけたって言うのか？」

裕次は子分の拳銃を受け取ると、銃口を松山へ向けた。

「やめて！　――やめて下さい」

松山は両手を顔の前にかざした。

「生かしとくと思うのか」

裕次の指が引金にかかる。そのとき、

「もう沢山よ」

と、声がした。「これ以上、死人を出さないで」

「――美樹か」

「一応私はあなたの妻ですからね。殺人罪で刑務所に入ってほしくない」

「ここで殺したって、分りゃしない」

「もうやめて」

と、美樹は首を振った。「それに、香ちゃんは病院へ運ばれてるんでしょ？　どうして行ってあげないの」

「その前にこいつを──」

「警察が来るわ。そして松山を逮捕していくでしょう。それに任せなさい」

「香を撃ったんだぞ、こいつは！」

「あなた。自分のことを考えて」

と、美樹は言った。「松山を殺す資格はないわ」

「お前──」

子分の一人が駆けて来て、

「パトカーが何台も」

と言った。「止められません」

「当り前よ。裕次、その拳銃を持っていたら、それだけで捕まるわよ」

裕次がいまいましげに、拳銃を子分へ投げ返した。

「それに、松山の左腕の火傷はひどいわ。救急車を呼んでもらって」

美樹の言葉に、子分が急いで出て行った。

「あなたには仕事があるわ」

と、美樹は言った。「令奈を取り戻すのよ」

「今、大崎は病院です」

と、子分の一人が報告している。「娘の手術中なので、何人か、手下たちがついてますが、一斉に襲えば、やっつけられますよ」

「待て。病院で撃ち合えるか。やるとしても、大崎をおびき出さないと」

と、小林伸介は言った。

「ともかく、向うは大混乱してます。今がチャンスです」

小林は考え込んだ。

確かに、ここで一気にけりをつけてしまうという手もある。

しかし、大崎の屋敷での爆発で、すでに警察が乗り出しているだろう。――実のところ、小林は地元の警察の幹部には日ごろから甘い汁を吸わせているので、大崎を殺しても捕まることはないと思っていた。

だが、大崎は生きていて、娘が代りに撃たれて重体だという。事件はすでにＴＶでも派手に報道されている。

ここで大崎を殺せば、むろん小林自身が手を下すわけではないにしても、警察も黙っているわけにいかないだろう。

小林が考え込んでいると、いきなりドアが開いて、青ざめた息子の志郎が居間の入口に立っていた。

「父さん――」

「待て。分ってる。お前の気持も分るが――」

「分るもんか！」

志郎は激しい口調で遮ると、「あの子を撃つなんて！」

「分ってるだろう。娘が親父をかばったんだ。初めから娘を巻き込むつもりはなかった」

「公園じゃ、彼女を襲ったくせに！　僕は病院へ行く」

「おい、それは危険だ」

「構うもんか。香に万一のことがあったら、僕だって生きちゃいない」

「志郎――」

父親の言葉を聞くことなく、志郎は居間を出て行った。

止めてもむだだろう。――小林はため息をついた。そこへ、

「親分、客ですが」

「客？　刑事か？」

「いえ、女です。それもいい年齢《とし》の婆《ばあ》さんです」

その子分を押しのけて、

「お客を婆さんなんて呼ぶようにしつけてるの、お宅では」

入って来た女性を見て、小林はしばしポカンとしていたが……。

「――あなたは、もしかして……」

「天本幸代よ。そこの壁にかかってる絵を描いた画家」

幸代の目は、居間の壁を飾っている油絵——オリンポスの神々の風景だった——へと向いていた。

「これはどうも！　——どうして先生がここに？」

と、小林はやっと我に返って言った。

「その絵を引き取りに来たのよ」

「引き取る、とは？」

「五千万だった？　お金は返すわ」

と、幸代は言った。「血に汚れた手で、私の絵に触れないでほしい」

「いや、それとこれとは——」

「別ではないわ。芸術が描くのは生命《いのち》への讃歌《さんか》よ。お金さえ出せば持主になれるわけではないのよ」

「おっしゃることは分りますが……」

「奇妙な縁でね、私たち一家は、今度の一件に係《かかわ》ってるの。あなたもいい加減に、昔ながらのヤクザ稼業に憧《あこが》れるのはやめなさい。そのせいで、どれだけの人が死んだか」

「それは、向うが手を出したからで……」

「向うは娘さんが撃たれたんですってね」

と、幸代は言った。「罪のない人間の血をこれ以上流すつもりなら——」

幸代は壁の絵画へスタスタと歩み寄ると、ポケットからパレット用のナイフを取り出し、自分の絵へと力をこめて突き刺した。

小林が息を呑《の》んだ。

幸代は力をこめて、パレットナイフで自分の絵を切り裂いていった。

「やめて下さい！」

と、小林はあわてて叫んだ。「そんな——もったいない！」

幸代はキッと小林をにらんで、

「もったいない、ですって！　まだあなたには分らないの？　こんな物は布と絵具でしかない。人の命に比べれば、何の値打もないわ」

と、厳しい口調で言った。

「この生意気な婆さん、叩き出しましょう」

と、見ていた小林の子分が言った。

「やれるもんなら、やってごらんなさい」

と、声がして、入って来たのは文乃だった。

「文乃、何してるの！」

と、幸代がびっくりして、「車で待っていなさいって言ったでしょ」

「お母さんのボディガードよ、私は」

文乃は何と両手でしっかり拳銃を握りしめていたのだ。

「待て！　待ってくれ！」

と、小林が止めようとして言った。「おい、手を出すなよ！」

幸代は切り裂かれた自分の絵を眺めて、

「一人一人の命を大切にしない世界で、何の意味があるの？」

と言った。

「分った！　分りました」

小林は幸代をなだめるように、「もう終りにします。これ以上争っても、どっちもプラスにゃならない」

「そうよ。今ごろ分ったの」

と、幸代が言った。「そして須永令奈ちゃんはどこにいるの？」

「待って下さい。――それは大崎の息子の嫁のことですか」

「その妹さんよ」

「それは知らないけど……。おい、誰かその妹ってのをさらって来たのか？」

「社長が、その美樹って女か、でなきゃ家族の誰かをさらって来いとおっしゃったんですよ」

と、子分の一人が不満げに言った。

「俺がそんなことを言ったのか？」

小林は本当に面食らっているようだった。

「天本さん、今、すぐに調べさせますから。お願いします！　俺が命じたわけじゃないんです」

と、必死で言いわけしている。

誰かをさらって来いと言いつけたとなれば、誘拐の罪に問われる。それが怖いのだろう。

「ともかく早く無事に連れて来なさい！」

幸代の言葉の迫力に、小林は子分たちへ、

「聞いただろ！　早く行け！　俺が殺される！」

子分の一人が、おずおずと、

「あの、社長。たぶん裏庭の物置に誰かが閉じ込められてるみたいですが……」

と言った。「俺じゃないですよ！　やったの、誰なのか――」

「案内しなさい！」

と、幸代が言った。「文乃、あんたどこで銃なんか……」

「え？　あ、これ、モデルガン」

と、文乃が言った。

「ともかく、良かった！」

と、美樹が涙を拭《ぬぐ》った。

令奈は案外ケロリとしていて、

「お腹空《す》いた」

などと言っている。

物置から救い出された令奈は、大崎の屋敷に来ていた。

「もういい加減にしてよね」

と、美樹が裕次に言った。「小林さんの方も、手を引くと言ってるんだから」

「ああ……」

裕次はまだ不服げだったが、

「馬鹿げた争いがなかったら、妹さんも撃たれずにすんだのよ」

と、幸代に厳しい口調で言われると、

「病院に行く」

と、ひと言、部屋を出て行ってしまった。

「――困ったものね」

と、幸代は首を振って、「これを機会に、大崎も小林も、徹底的に組織を解体しなくては。トップが替るだけじゃ、また同じことが起るわ」

「お祖母《ばあ》ちゃんが警視総監になればいいや」

と、有里が言って、居合せたみんなが笑った。

少しホッとした空気になる。

しかし、そこへ、

「裕次さん！」

と駆け込んで来たのは、寺井だった。

「どうしたの？　裕次なら病院へ――」

と、美樹が訊《き》く。

「今、病院から連絡が……」

と、寺井は言った。「ここの若いのが、香さんの所へ行こうとした小林の息子を撃ったそうです」

「まあ！　それで、傷は？」

「分りませんが、それがきっかけで、小林のとこの連中も病院へ向ったと……」

「愚かなことを」

と、幸代が言った。「病院へ行きましょう。そして有里」

「はい」

「村上さんに連絡して、病院で撃ち合いにならないように、すぐ手配してもらって」

「分った」

有里は急いでケータイを取り出した。

病院の周囲は騒然としていた。

パトカーが何台も玄関先をふさぎ、TV局の車も来ている。

玄関の所で、有里たちも、

「入らないで下さい！」

と止められたが、

「その人たちはいいんだ！」

と、村上が駆けつけて来た。

「村上さん、中は？」

「ともかく、小林側も大崎側も殺気立ってたから、警官隊が包囲して、全員連行することにした。今、護送車を待ってる」

「小林の息子はどうなったの？」

「ああ……。大崎の所の若いのが、大崎香の病室の前で見張ってて、強引に中へ入ろうとした小林志郎を撃ったんだ」

「それで──」

「今、手当してるが、かなり危いらしい」

と、村上は言った。「天本さん、どこか外で待たれた方が」

「いいえ」

と、幸代は言った。「最後まで見届けないと。これは私のけじめです」

「お祖母ちゃんに何言ってもむだだよ」

と、有里は言った。

「分りました。じゃ、あまり離れないようにして下さい」

村上がエレベーターへ案内する。

「――他の入院患者にけが人が出ないように、気をつかいました」

と、村上は言った。

廊下にも、警官が大勢立っている。

そして、待合スペースに、大崎と小林が向い合って座っていた。

「――天本さん」

小林が顔を上げて、「まさか、こんな有様になるとは……」

「想像力が足りませんよ」

と、幸代が言った。「お互い、力で争っていれば、いずれそういうことになります。いい年齢《とし》をして、それが分らないんですか」

相手は大物のヤクザである。文乃が心配して、幸代をつついているが、そんなことを気にする幸代ではない。

小林は黙って目を伏せていたが、大崎の方は幸代を見て、

「誰だ、この女は？」

と言った。

「社長」

と、声をかけたのは寺井だった。「この方は画家です」

「絵かき？　どうしてここにいる？」

「この方は、すばらしい絵を描く人です。俺もこの人に描いてもらって、生きることの値打を学びました」

有里は、それを聞いていて胸が熱くなった。

寺井は、幸代のことを「有名な画家」とは言わなかった。自分が胸うたれたことを、素直に語ったのだ。

うん、やっぱりお祖母ちゃんは凄《すご》い！

そのとき、

「小林さん」

看護師が急ぎ足でやって来た。「おいで下さい」

その硬い表情が、状況を告げていた。

「息子は……。志郎！」

小林は看護師について、よろけながら走って行った。

「だめなのか……」

と、大崎は呟いた。

「大崎さん、娘さんは？」

と、有里が訊くと、裕次が代って、

「弾丸が急所を外れたんだ」

と言った。「重体だけど、何とか助かるだろうと……。ただし、今夜いっぱいもてば、ってことだ」

「あなたたちの犠牲になったのよ！」

と、美樹が力を込めて言った。「小林さんの息子だってそうだわ」

大崎も裕次も無言だった。

そこへ、

「社長……」

と、かすれた声がした。

「エレン！　何してるんだ」

大崎がびっくりして、廊下をバーにつかまりながら足を引きずってやって来るエレンを見た。

「動くと傷が――」

と、大崎が急いで駆け寄った。

「じっとしていられません」

と、エレンは言った。「麻酔で眠っている間に、小林の息子が……」

「うむ。うちの者が撃ってしまった」

「どうなんですか？　――容態は――」

「もうだめらしい」

エレンは愕然《がくぜん》として、

「それじゃ……香さんも、きっと私たちを許してくれませんよ」

「分ってる。しかし、香だけでも助かってくれれば、俺はもう……」

「香さんの様子は？」

「たぶん……大丈夫だ。エレン、寝てなきゃだめだ」

「私が死ねばよかったんです！」

と、エレンは言った。「本当なら、私が社長をかばって撃たれなきゃいけなかった！」

「悔むのが遅過ぎましたね。誰も彼も」

と、幸代が静かに言って、「小林さんも……」

小林が廊下をよろけるようにやって来た。

その様子で、確かめるまでもなかった。

「――さあ」

と、村上刑事がやって来て言った。「入院が必要な者は病室へ戻って、それ以外は全員護送車に乗るんだ」

「少し待ってくれ」

火傷で入院している大崎は、エレンの肩につかまって、小林の方へ向くと、

「小林さん……」

と、ゆっくり歩み寄った。「すまない。まさかこんなことに……」

小林は顔を上げて、

「あんたか……」

と言った。「娘さんに言ってやってくれ。志郎の奴は、最期まで香さんの名を呼んでいたと」

「そうか……。だが、俺は娘から一生恨まれるだろう。あんたから言ってやってくれ」

二人は一緒に、唇を歪《ゆが》めて、かすかに笑った。

「これで終りだな」

と、小林が言った。

「うん……。俺たちの時代はもう……」

二人はお互いに向い合って、よりかかるように身をもたせかけた。

そして――こもった銃声が、二度響いた。

「おい！」

村上が駆け寄ると、二人は一緒に倒れた。

「しまった！」

村上が、倒れた二人の男の下から拳銃を見付けた。「どこで手に入れたんだ……」

「村上さん、二人は……」

と、有里が言った。

医師や看護師が駆けつけて来て、大崎と小林を仰向《あおむ》けにした。――二人とも、心臓の辺りに血が広がっている。

「社長……」

エレンが壁によりかかって、呟くように言った。「私を置いて……」

裕次はただ呆然《ぼうぜん》として立っていた。

医師は大崎と小林のそばに膝をついて診ていたが、やがて立ち上ると、

「どちらも亡くなっています」

と言った。「心臓に一発。即死ですね」

「――何てことを」

と、幸代は穏やかに言った。「どっちも、生きる気力を失っていたのね」

「どっちが先に撃ったんですか……」

と、裕次がやっと口を開いた。

「分らないな」

と、村上は首を振って、「ともかく……」

「同じ思いだったのですね」

と、幸代が言った。「一人は息子を失い、もう一人は娘が自分の代りに銃弾を受けた。お互い、自分を責めている気持を察していたのでしょう」

村上は一人、

「とんでもないことになった……」

と呟いていた。

「せめて、香さんに助かってほしいわね」

と、有里が言った。「意識が戻ったとき、すべてを知って、どう思うか分らないけど」

幸代は、有里の肩に手を置いて、

「人は立ち直るものですよ」

と言った。「生きていれば。生きてさえいればね……」

病院の廊下に大勢の警官がやって来て、村上の指示の下、二つの家の子分たちを連行して行った。

「天本さん」

と、寺井が言った。「すみませんが、加代子のことをお願いします」

「ええ、任せて。大丈夫ですよ」

「ありがとうございます」

深々と頭を下げて、寺井は連行されて行った。

「私たちも引きあげましょう」

と、幸代は言った。「文乃は？」

「お母さん、どこだろ？」

有里は、キョロキョロしていたが、「――あそこだ」

廊下の隅の長椅子で、待ちくたびれて居眠りしている文乃を見付けた。

「――お母さん」

と起こしに行くと、文乃は目を覚まして、

「え？　――眠っちゃったのね、私」

と、頭を振って、「ここ、どこだっけ？」

と、首をかしげた……。

19　戦いすんで

「お疲れさま」

と、有里がつい言ったのは、村上刑事が本当にくたびれ切った顔をしていたからだ。

「――はい、温いココア」

と、大きなカップで出すと、村上は、

「やあ、ありがとう！　疲れてるときは何よりだよ」

と言って、そっとココアをすすった。

「村上さん！」

と、やって来たのは、令奈。「私、家でクッキー焼いて来たの。食べてみてくれる？」

「もちろんだよ！　こりゃおいしそうだ」

村上はクッキーを一個口に入れると、「うん、旨《うま》い！　大したもんだね、令奈君」

「研究したんだもん、村上さんのために」

と、令奈は得意げに言った。

――この、ちょっとした「三角関係」がくり広げられているのは、天本家の居間である。

「まあ、いいわね、村上さん。女の子に大もてで」

と、居間に入って来た幸代が言った。

「これはどうも。お忙しいのにお邪魔してしまって」

村上がパッと立ち上って一礼する。

「どういたしまして。その後のお話も伺いたいと思っていました」

と、幸代はソファにかけて、「もしお時間が許せば、夕食をいかがです？　文乃が張り切ってこしらえるでしょう」

「ありがとうございます。そうしたいのはやまやまですが、やらなければならない仕事が山ほどたまっていまして……」

「そうでしょうね。無理にとは申しません」

「いや、天本さんご一家には、何度もご協力いただいて……」

村上は、ココアを飲んで、「この甘さがホッとさせてくれますね」

と言ってから、

「大崎香を昨日見舞ってきました」

「どんな様子ですの？」

「もちろん、恋人や父親に死なれた辛《つら》さを抱えてはいるでしょうが、意識を取り戻したときの、自分がどうして生きているのかと責めている様子は、もうありません。死んだ小林志郎との思い出を大事にしようと心に決めたようです」

「それは良かったわ」

と、幸代は肯《うなず》いた。「今のジュリエットには、恋人の跡を追う他に、やるべきことが色々あるのですからね」

「小林伸介と大崎康の死については、どっちが先に発砲したのか、結局判明しませんでした。いずれにしろ、二人とも納得の上での『心中』だったんでしょう」

と、村上は言った。「今、あの二つの組織は大変です。突然トップを失ってしまったのですからね」

「また流血の事態になることは避けなくては」

「おっしゃる通りです。双方の持っていた武器を徹底的に掘り起しました。むろん、またどこかから手に入れるでしょうが、差し当りは監視が厳しいので、どちらもおとなしくしているようです。主だったメンバーは、ほとんどが逮捕されましたしね」

「若い人たちが、まともな職に就けるといいわね。そう望む人がいたら――」

「力になろうと思います。今度のことで、力で争うのがどんなに空しいことか、身にしみた者も少なくないようですし」

「そういえば――」

と、令奈が言った。「村上さんと会ったときのこと。――車の中で殺されていた人。あの事件は……」

「雨宮克郎さんだね、殺された男性。松山に命じられて、寺井を殺しに行った子分が、人違いをしたということのようだ」

「え？　じゃ、本当は――」

「寺井徹が殺されることになっていた。確かに一見したところ似ていたのと、お宅の近くにいたので、間違えられてしまった。殺した子分は、君のお姉さんへの脅しのつもりで、お姉さんの名を書いたメモをポケットへ入れておいた」

「でも、雨宮って人、どうしてうちの近くに？」

「妹の細川希代子さんが、君のお父さんと男女の仲だということを誰かから聞いたらしいね。それで須永牧師に会いに行ったようだ」

「お父さんたら……」

と、令奈はため息をついた。

「でも、今度のことで、色々反省することもあったようよ」

と、幸代が言った。「緑子さんが、この間電話して来られたけど、とても明るい口調だったわ」

「ええ、それは」

と、令奈が肯いて、「姉も戻って来たし、今度のことを乗り越えて、お母さん、逞《たくま》しくなったみたいです」

「人は打たれて強くなる。そういうものよ」

と、幸代は微笑んだ。

「いずれにしろ、まだこれから取調べや送検や……。気が遠くなりますよ」

と、村上は言った。「そうそう。寺井に頼まれたのですが――」

「根本加代子さんのことね」

「そうです。元気にしているか、それだけ訊《き》いて来てほしいと」

「それは……」

幸代が言いかけると、

「果物をお持ちしました」

と、エプロンをつけた当の加代子が入って来た。

「やあ、ここに?」

「当面、うちで文乃を手伝ってもらうことにしました」

と、幸代は言った。

「どうぞ」

と、フルーツの皿を出して、加代子は、「寺井さんはどうしていますか?」

「大崎の組織について、詳しいことを教えてくれているよ。まあ、裁判でどうなるか分らないが」

「私、待っていますわ」

と、加代子は微笑んで、「まだ十八ですもの、私。十年や二十年……」

「伝えるよ」

と、村上は言った。「そういえば、お父さんの傷は……」

「さあ。どうでもいいです、あんな人」

と言って、加代子は一礼して出て行った。

「親だからこそ許せない、ってことも人生にはあるんですよ」

と、幸代は言った。

そこへ、ちょうど入れ代りに入って来た文乃が、

「本当!　許せないわ、村上さん。夕飯を食べて行かない?　私に何か恨みでも?」

「いや、とんでもない!」

と、村上があわてて言った。

「では、用意しますからね」

と、文乃はさっさと行ってしまった。

幸代が笑って、

「上司の方へ電話されるといいわ。『天本家に監禁されて、脅迫されています』とね」

解説

中《なか》江《え》有《ゆ》里《り》

赤川次郎《あかがわじろう》さんは、私が読書に目覚めた小学生の時に出会った「小説の神様」だ。今も書店で「あ」の棚にその名を見つけると、ホッと安心する。

初めてお目にかかったのは、赤川さん原作の『ふたり』が大林宣彦《おおばやしのぶひこ》監督により映画化された際。撮影現場の広島県尾道《おのみち》市の高校の教室だった。ある日スタッフから赤川さんがいらっしゃると聞いて、私はセリフが飛ぶのが心配になるくらい（幸い飛ばずにすんだ）緊張した。なんたってホンモノの赤川次郎さんが来るのだから（ニセモノがいるという意味ではなく）。

それから約二十年後、当時レギュラー出演をしていたＮＨＫＢＳ「週刊ブックレビュー」という番組で赤川さんをゲストとしてお招きすることになった。映画現場で会ったきり、端役の自分のことなど忘れていて当然……と思っていたのに、赤川さんは覚えておられた。その上『ふたり』の現場で撮った集合写真まで持ってきてくださった！

「なんだ、自慢か」とページを閉じないでください。あんまり嬉《うれ》しかったので……そんなエピソードはさておき、この度の文庫解説を書くにあたって、赤川さんと初めて会った頃の自分を否応《いやおう》なしに思い出した。なぜなら映画出演当時の私は十六歳。その上『三世代探偵団』の天本有里《あまもとゆり》と同じ名前。一読して、

（これはもしかして……私！）

全国の「有里」を代表し、勘違いしたことをお許しください。

すぐに冷静になった。残念ながら私は天本有里のように活発でもないし、鋭い推理もできない。一ファンとして、赤川作品のマジックにハマっただけだろう（マジックについては後ほど触れたい）。

改めて本シリーズについて短く説くと、天才画家である祖母の幸代《さちよ》、その娘であるシングルマザーの文乃《ふみの》、幸代の孫でしっかりものの有里の「三世代探偵団」によるミステリ。シリーズ三作目の本作は有里の友人である須永令奈《すながれな》があるトラブルに巻き込まれるところから始まる。

シリーズ一作目の『次の扉に棲《す》む死神』でも有里の友人である城所真奈《きどころまな》の恋と殺人、というエピソードがあったが、有里の周囲では事件が頻繁に起きる。平成の一時期、ほぼ毎日民放各局で放映された二時間ドラマの舞台となった京都で事件が起きたように（実際の京都でしょっちゅう殺人が起きるわけがないが）千年の古都並みに、有里は事件を引き寄せる。

本作の登場人物はてんこ盛り、人間関係は複雑に交差する。ジェットコースターのごとくスピーディーかつスリリングに登場人物をつなぐ糸は絡まり続け、一見何の関係も

なさそうな人物が思いがけない糸でつながっていくのが面白く、話が進行するにしたがって絡まった糸がスルスルとほどけていくのに快感を覚える。
令奈の姉・美樹《みき》が駆け落ちした相手・大崎裕次《おおさきゆうじ》は、美樹、令奈姉妹の父と同じ牧師だ。その裕次は自分の父の家業を嫌って一度は家を出ているが、妻となった美樹を実家へと連れ帰る。やがて夫の家業を知った美樹は、父親からDVを受けている根本加代子《ねもとかよこ》と知り合い、二人して姿を消してしまう。

　また前途多難な恋も描かれる。シェイクスピアの『ロミオとジュリエット』を彷彿《ほうふつ》させる裕次の妹・香《かおり》と小林志郎《こばやししろう》。中にはW不倫もあるし「相手にふさわしくない」と自ら身を引く恋もある。

　恋愛は善悪の判断をゆがませるほど強力な力が働く。愛によって人は道を踏み外し、愛のために人は自己犠牲を選ぶ。興津山《おきつやま》学園の事務長・三田洋子《みたようこ》、広士《ひろし》姉弟《きょうだい》はかつて道を誤りかけたが、ギリギリのところで踏みとどまり、現在はまじめに働く市民となっている。先に記した城所真奈も禁断の恋から危険に身をさらしたが、元の高校生活に戻ることができた。

　このように失敗を経て立ち直る人は幸せだ。痛い目に遭っているからこそ、再び同じような過ちは犯さないはず。

　悪へと転がってしまって戻れない人もいる。赤川作品では人の善悪がはっきりと描かれるが、多くの犯人たちは名誉や金欲、復讐《ふくしゅう》心に踊らされた末に犯罪に走ってしまう。

身勝手ではあるけどそれなりの動機がある（個人的には動機らしい動機がない犯罪が一番恐ろしい）。つまり根っからの悪人ではなく、人間臭くて情けない人たちなのだ。

一方で家族愛、親子愛という愛は物語の深いところで水脈のように横断している。犯罪が多発してもハートウォーミングな読み心地になるのは、この深い愛のせいだろう。

有里は祖母や母に愛されて健やかに育ってきたことは言わずもがな、クレバーで親しみやすいキャラゆえ友達だけでなく誰とも良い関係を築ける。刑事の村上《むらかみ》とは恋愛未満の微妙（？）な関係だが、事件を前にすれば強力なバディとなる。

幸代のラスボス感も頼もしい。何があっても幸代がすべて包み込んで、事件解決へと導いてくれそう。

ところで本作での文乃は、これまでの二作とイメージが少し違った。マイペースな天然キャラで、幸代と有里の間にいると影が薄く感じられる……いや、こちらの見方が少々浅すぎた。

物語終盤、ある大きな戦いが勃発《ぼっぱつ》しそうになる。幸代と有里がお互いの役割を確認しあっている時、文乃はこう叫ぶのだ。

「みんな、勝手なことばっかり言って！　一体、お母さんも有里も、いつから秘密情報部員になったの？　撃ち合いだの殺し合いだの、どうしてそんなことが好きなの？　うちはマフィアでも清水次郎長《しみずのじろちょう》一家でもないんです！　ごく普通の家庭なの！」

自ら「家庭的な人間」という文乃の声は、一市民の声でもある。

幸代も有里も、本当に戦いたいわけではないだろうが、現状に対応するために戦闘態勢を取ろうとしている。戦いの幕は待ってくれないし、一旦《いったん》始まれば個人で止められない。それが戦い＝戦争というもの。

ミステリには多少の血なまぐささはつきもの。しかしすべての人が好戦的ではない。そもそも小説は現実をモデルにしていて、フィクションならではのデフォルメは、物語世界の土台となる真実がなければ成立しない。実際、世界のどこかで戦いは起き続けている。戦いの犠牲になるのは文乃のような一市民……深読みかもしれないが、そんな風に感じた。

ところで、冒頭で赤川作品の「マジック」と記したが、赤川作品は疑似世界の主人公になれるのがだいご味。ページを開けば、物語の登場人物のひとりとなれる。

その上、本シリーズほど「私得《わたしとく》」なものはない。どこを開いても十六歳の有里が生き生きと輝いているのだから！　若かりし自分（似ても似つかぬが）を思い出しながら、娘を持ったような気分にもなる。なんだか気恥ずかしくもあり嬉しくもあり……。

現実の自分は文乃の年を超えてしまったが、幸代の年齢まではまだ時間がある。小説のよいところは登場人物が年を取らないところだ。いつか幸代と同世代になった時に改めて本シリーズを読み返したい。シリーズとしては最新刊『三世代探偵団　春風にめざめて』もあるし、これから何度も十六歳の有里に再会できるのだ。
全国の「有里」を代表し、勝手に赤川さんにはお礼を申し上げます。

本書は、二〇二〇年七月に小社より刊行された単行本を文庫化したものです。

三世代探偵団《さんせだいたんていだん》
生命《いのち》の旗《はた》がはためくとき
赤川次郎《あかがわじろう》

令和4年 9月25日　初版発行

発行者●堀内大示

発行●株式会社KADOKAWA
〒102-8177　東京都千代田区富士見2-13-3
電話　0570-002-301（ナビダイヤル）

角川文庫 23321

印刷所●株式会社暁印刷
製本所●本間製本株式会社

表紙画●和田三造

◎本書の無断複製（コピー、スキャン、デジタル化等）並びに無断複製物の譲渡および配信は、著作権法上での例外を除き禁じられています。また、本書を代行業者等の第三者に依頼して複製する行為は、たとえ個人や家庭内での利用であっても一切認められておりません。
◎定価はカバーに表示してあります。

●お問い合わせ
https://www.kadokawa.co.jp/（「お問い合わせ」へお進みください）
※内容によっては、お答えできない場合があります。
※サポートは日本国内のみとさせていただきます。
※Japanese text only

©Jiro Akagawa 2020, 2022　Printed in Japan
ISBN 978-4-04-112736-0　C0193

角川文庫発刊に際して

角川源義

第二次世界大戦の敗北は、軍事力の敗北であった以上に、私たちの若い文化力の敗退であった。私たちの文化が戦争に対して如何に無力であり、単なるあだ花に過ぎなかったかを、私たちは身を以て体験し痛感した。西洋近代文化の摂取にとって、明治以後八十年の歳月は決して短かすぎたとは言えない。にもかかわらず、近代文化の伝統を確立し、自由な批判と柔軟な良識に富む文化層として自らを形成することに私たちは失敗して来た。そしてこれは、各層への文化の普及滲透を任務とする出版人の責任でもあった。

一九四五年以来、私たちは再び振出しに戻り、第一歩から踏み出すことを余儀なくされた。これは大きな不幸ではあるが、反面、これまでの混沌・未熟・歪曲の中にあった我が国の文化に秩序と確たる基礎を齎らすためには絶好の機会でもある。角川書店は、このような祖国の文化的危機にあたり、微力をも顧みず再建の礎石たるべき抱負と決意とをもって出発したが、ここに創立以来の念願を果すべく角川文庫を発刊する。これまで刊行されたあらゆる全集叢書文庫類の長所と短所とを検討し、古今東西の不朽の典籍を、良心的編集のもとに、廉価に、そして書架にふさわしい美本として、多くのひとびとに提供しようとする。しかし私たちは徒らに百科全書的な知識のジレッタントを作ることを目的とせず、あくまで祖国の文化に秩序と再建への道を示し、この文庫を角川書店の栄ある事業として、今後永久に継続発展せしめ、学芸と教養との殿堂として大成せんことを期したい。多くの読書子の愛情ある忠言と支持とによって、この希望と抱負とを完遂せしめられんことを願う。

一九四九年五月三日

角川文庫ベストセラー

三毛猫ホームズの卒業論文　赤川次郎

共同で卒業論文に取り組んでいた淳子と悠一。しかし論文が完成した夜、悠一は何者かに刺されてしまう。二人の書いた論文の題材が原因なのか。事件を追う片山兄妹にも危険が迫り……人気シリーズ第40弾！

三毛猫ホームズの降霊会　赤川次郎

霊媒師の柳井と中学の同級生だった片山義太郎は、妹・晴美、ホームズとともに3年前の未解決事件の被害者を呼び出す降霊会に立ち会う。しかし、妨害工作が次々と起きて——。超人気シリーズ第41弾。

三毛猫ホームズの危険な火遊び　赤川次郎

逮捕された兄の弁護士費用を義理の父に出させるため、美咲は偽装誘拐を計画する。しかし誘拐犯役の中田が連れ去ったのは、美咲ではなく国会議員の愛人だった！　事情を聞いた彼女は二人に協力するが……。

三毛猫ホームズの暗黒迷路　赤川次郎

ゴーストタウンに潜んでいる殺人犯の金山を追跡中、笹井は誤って同僚を撃ってしまう。その現場を金山に目撃され、逃亡の手助けを約束させられる。片山兄妹がホームズと共に大活躍する人気シリーズ第43弾！

三毛猫ホームズの茶話会　赤川次郎

BSグループ会長の遺言で、新会長の座に就いたのは25歳の川本咲帆。しかし、帰国した咲帆が空港で何者かに襲われた。大企業に潜む闇に、片山刑事たちと三毛猫ホームズが迫る。人気シリーズ第44弾。

角川文庫ベストセラー

花嫁シリーズ㉔ 許されざる花嫁

赤川次郎

女子大生の亜由美はホテルで中年男性に、花嫁を殺してしまうから自分を見張ってほしいと頼まれる。花嫁は、子供を連れて浮気相手のもとに去った彼の元妻だった……表題作ほか「花嫁リポーター街を行く」収録。

花嫁シリーズ㉕ 売り出された花嫁

赤川次郎

愛人契約の現場を目撃した水畑。女に話を持ちかけていたのはかつての家庭教師だった――。一方、愛人契約を結んだ双葉あゆみは奇妙な愛人生活に困惑。女子大生の亜由美は友人たちを救うため、大奮闘！

花嫁シリーズ㉖ 崖っぷちの花嫁

赤川次郎

親友と遊園地を訪れた亜由美は、ジェットコースターのレールの上を歩く女性を助けた結果、ケガで入院することに。後日、女性が勤める宝石店から豪華なお礼が届くが、この店には何か事情があるようで……。

花嫁シリーズ㉗ 花嫁は墓地に住む

赤川次郎

女子大生・塚川亜由美と親友の聡子は、温泉宿で聡子の親戚である朱美と遭遇した。彼女は、不倫相手の河本と旅館で落ち合う予定だった。しかし、そこへ朱美の母や河本の妻までやって来て一波瀾！

花嫁シリーズ㉘ 四次元の花嫁

赤川次郎

塚川亜由美が親友とブライダルフェアへ行ったところ、そこには新郎だけが結婚式の打合せに来ていた。何か訳アリのようで……⁉ 一方で、モデル事務所の社長が電話で話している相手が亡くなった妻のようで……？

角川文庫ベストセラー

天使と悪魔⑤
天使のごとく軽やかに
赤川次郎

落ちこぼれ天使のマリと、地獄から叩き出された悪魔のポチ。二人の目の前で、若いカップルが心中した！　直前にひょんなことから遺書を預かったマリ。父親に届けようとしたが、TVリポーターに騙し取られ。

天使と悪魔⑥
天使に涙とほほえみを
赤川次郎

天国から地上へ「研修」に来ている落ちこぼれ天使のマリと、地獄から追い出された悪魔・黒犬のポチ。奇妙なコンビが遭遇したのは、「動物たちが自殺する」という不思議な事件だった。

天使と悪魔⑦
悪魔のささやき、天使の寝言
赤川次郎

人間の世界で研修中の天使・マリと、地獄から成績不良で追い出された悪魔・ポチが流れ着いた町では、奇怪な事件が続発していた。マリはその背後にある邪悪な影に気がつくのだが……。

天使と悪魔⑧
天使にかける橋
赤川次郎

研修中の天使マリと、地獄から叩き出された悪魔ポチ。今度のアルバイトは、須崎照代と名乗る女性の娘として、彼女の父親の結婚パーティに出席すること。実入りのいい仕事と二つ返事で引き受けたが……。

天使と悪魔⑨
ヴィーナスは天使にあらず
赤川次郎

美術館を訪れたマリとポチ。そこで出会った1人の画家に、マリはヴィーナスを題材にした絵のモデルを頼まれる。引き受けるマリだが、彼には何か複雑な事情があるようで……？　国民的人気シリーズ第9弾！

角川文庫ベストセラー

黒い森の記憶　赤川次郎

森の奥に1人で暮らす老人のもとへ、連続少女暴行殺人事件の容疑者として追われている男が転がり込んでくる。人嫌いのはずの老人はなぜか彼を匿うことにして……。

スパイ失業　赤川次郎

アラフォー主婦のユリは東ヨーロッパの小国のスパイをしていたが、財政破綻で祖国が消滅してしまった。入院中の夫と中1の娘のために表の仕事だった通訳に専念しようと決めるが、身の危険が迫っていて……。

ひとり暮し　赤川次郎

大学入学と同時にひとり暮しを始めた依子。しかし、彼女を待ち受けていたのは、複雑な事情を抱えた隣人たちだった⁉　予想もつかない事件に次々と巻き込まれていく、ユーモア青春ミステリ。

目ざめれば、真夜中　赤川次郎

ひとり残業していた真美のもとに、刑事が訪ねてきた。ビルに立てこもった殺人犯が、真美でなければ応じないと言っている――。様々な人間関係の綾が織りなすサスペンス・ミステリ。

台風の目の少女たち　赤川次郎

女子高生の安奈が、台風の接近で避難した先で巻き込まれたのは……駆け落ちを計画している母や、美女と帰郷して来る遠距離恋愛中の彼、さらには殺人事件まで！　少女たちの一夜を描く、サスペンスミステリ。